被捨棄的男子

從前，女子離婚，必被社會加一句「離婚婦人」貶語，後邊幾乎常跟四字「貪慕虛榮」，百分之九十全是女性的錯，今日是否略公平些？也不見得，不過，女性已不在乎頭上有什麼字樣，努力生活要緊，衣食住行，都靠自己雙手，遇見值得尊重異性固然慶幸，若不，再等一下。

對異性如此寬容，還被加一個「仇視男子」帽子，也太沒良心。

一般來說，電影與小說故事裏，對女子的不同遭遇，喜怒哀樂，都有詳盡描述，因為心思縝密，體質纖弱，故此吃苦是不可避免的事，令家中有女兒的母親戚戚然。

一位母親說：「生兒子呢，一套運動衣褲，一隻球，可過渡整個青春期，女兒，行嗎。」

稍微長大，情況更加複雜。

「她離過婚」與「他離過婚」是不一樣的事。

那麼，離婚男人的遭遇究竟如何。

「躺沙發，喝啤酒，吃花生，觀球賽，罵粗話，跳躍，我前姐夫就那樣。」

「到酒吧尋歡，一次，得意洋洋告訴我們，遇見某歌星，同爭一個混血女，那女子居然挽着他手臂離去，樂得他飛飛，絲毫不在意已經欠租三月。」

這些，都算劣跡，可是還比不上：「某女士在第二次染上傳染病才與丈夫分開。」

也有好的男人吧。

英俊、有學識、工作有成績，富幽默感，有優良嗜好如集郵、看書，還有，懂得穿衣做菜……

有還是有的。

一次有人驚嘆：「嘩，嫁華商主席周德某還要離婚！」

其中，一定有難言之隱。

王微微在一間報館做專題記者，她很想訪問這些高檔次的被獨身男子，查探他們有何委屈。

同組師姐說：「這就勢利眼，有階級歧視，只得富翁被獨身值得書寫？」

微微冷冷還嘴：「你想我寫什麼？當掉女兒還賭債的男人，還是年過半百有手有腳還怪老妻沒養他終身的男人？」

師姐嘆氣，「這倒是。」

「還有，拖着妻子三十樓躍下男子，抑或連妻子嫁妝金飾都賣掉的賊子？」

師姐說：「有條件的離婚男子不會接受專題訪問，你又不是心理醫生，他們不會透露心事，只有向他們前妻打探，不過，今日女子也相當硬淨，不談過去。」

「不，我不要從女人口中探測他們苦經，我想得到第一手資料。」

「那就難了。」

「No pain, no gain，那樣，才爭取到讀者。」

「祝你成功。」

「幫幫忙。」

「我不認識優質被棄男子，即使有，自家收起還來不及。」

不知誰走過聽見，「哈，天下還有優質被棄男子這種人？哈哈哈哈。」

師姐也笑，「聽見沒有。」

微微氣餒，「一定有，你們看我的研究報告。」

師姐與同事說：「微微是幸福烏托邦青年，家境小康，又寵愛她，她自身爭氣，學業名列前茅，選擇自由自在文藝工作，無職位、不支薪、掛單、按件收費，老闆能不愛煞這種員工。」

「她寫得不錯。」

「最慘是那樣，故她沉淪寫字業，苦海無邊。」

「別叫她聽見。」

微微都聽見了。

微微不年輕了，自文學、歷史、美術系出來，已經廿六歲，做兩年工，不堪回首，升級老大姐，誰讓她留戀學府，不願離開，成為雜學專家。

微微最大優點不是美貌，或是身段驕人，而是大方、慷慨、樂觀，同事不願得罪她，因為她似一線陽光，如果沒有她，互相傾軋陰暗辦公室明爭暗鬥，更像地牢。

微微也會嗟嘆，長輩問她走遍三大國留學，可有找到最喜歡的城市與最愛慕的人，她便沉下臉，「沒有呵，沒有呵。」

「麻省與劍橋都不行嗎，該處，沒有英俊的講師與同學嗎。」

她似孩子般搖晃着頭，「看不見看不見。」

年輕人最怕有人問為何沒有對象，王母從不敢催她，王父抱怨：「你做老媽的也不說她」，王母反問：「結婚很好嗎」，「你這樣講就不對」，「結婚也吃苦受氣，你問那些幸福成功夫婦，他們都還說『需要磨合』，喂，那即是兩塊形狀不同的石塊，或是，兩個人，為着相處，不住琢去邊緣，去湊合另一方，你看我，三十年下來，不但沒有棱角，連主體都磨得一乾二淨，化為石粉，營養你王家父女，想當年，我亦是標致獨立女子，今日……我都想哭。」

王父噤聲。

什麼，他想，化為齏粉的，不是我嗎，一班大學裏結識的撲克啤酒損友，早被賢妻淘汰，喜歡旅遊的他，因為小微微不便出門，也漸漸放棄，他變成她們母女家奴，兄弟譏笑他是愛妻號，妻子説一句話，像太上老君急急如律令，今日，老妻反而抱怨多多。

付出大半生，本來無所謂回報與否，可是，還博得怨氣，實在划不來。

每次聽小提琴音樂，都被王母説：「聲浪小一點」，她並非一個粗糙女子，想必是故意作對。

微微本身也不急於找對象，她已婚同學生活艱苦，由獨身時第一位退到第三位，小孩有些微熱度，看過醫生還驚惶失措，不住流淚，大學文憑説什麼不再管用，沒出息，找來微微陪伴，嗚咽着直至孩子退燒，她又得趕回公司上班，團團轉。

那幼兒長大後會孝順否，微微笑，請問問自己：「你可算孝順？」

行了行了。

回到雜誌社，只見一班女將嘩啦嘩啦高談闊論，看到微微，請她入圍。

「什麼事。」

「七十年代前影后趙霜，孑然一人在家猝斃無人知曉，警方接報住所傳出惡臭才破門而入。」

「誰？」他們都不認識這個演員。

「退休三十年了。」

退休三年已無人認識，也找不到白頭宮女說她往事。

「只得到互聯網尋人。」

「致電回家問問老媽可知道此人。」

「家母說她只知道張雪與鍾露，不過，她最喜歡周小雨。」

「好像是上幾個世紀的事。」

「最近這一兩年，多名上世紀女明星辭世，彷彿時日已屆，彼此招呼，共赴瑤池，叫人感慨。」

忽然有人說：「大統華的蛋撻好吃，買一打帶回家孝敬老父老母，別再頂撞他們。」

「我也知道他們年齡不小，十多年後會失去他們，屆時我會哭得眼珠掉落，可是此時此刻，總忍不住要同他們吵。」

「喂，喂，說些喜歡的事，還有，快些找資料。」

「微微，寫一寫那幾位女星的簡單生平，比較一下他們遭遇及婚姻狀況。」

「婚姻彷彿都不幸福。」

「結論：婚姻與學歷一樣，與幸福毫無關係，世上任何事都與幸福無關，引證：世上根本沒有幸福這種事，叫小明去買一大盒哈根達斯巧克力冰淇淋回來。」

忽然有人飲泣。

「不准哭，誰哭把誰攆出辦公室。」

微微作罷統計，只覺欷歔，都離了婚，有前夫家的還有一座靈堂，否則，悄悄離世，自古美人如名將，不許人間見白頭。

編輯部氣氛低沉。

有人說：「上回看電視，有年輕人發明 DIY 自己動手做棺木，有詳細說明書，多豁達。」

「上有高堂者不宜說這種新聞。」

微微說：「稿件在此，我下班了。」

「喂，還有事要做。」

「那麼，我去去回轉。」

「去何處？」

「去光明酒吧喝一杯。」

「我也想去。」

「輪流，不准全部走光。」

微微穿上大衣走開。

同事看着她，「微微真瀟灑。」

微微笑一下。

下一句她沒聽見，另一位同事這樣說：「我家長若一早置兩房公寓讓我搬出，我也瀟灑。」

相熟酒吧叫光明，有點詼諧，酒館多怪名，連「三隻公牛」、「黑貓與月亮」、「行刑者」都有，叫光明的只此一家。

名副其實，室內燈光比較亮，下午、傍晚，適合聊天吃點心，晚上十時，燈光才轉暗，屆時，適合另一批人聊天吃點心。

微微說：「貴店最好的威士忌加大塊冰。」

她從不喝那種似香水的混合酒。

有人側側身瞄一瞄她。

她也看到他。

陌生面孔，英俊，下午，鬍髭影子已經長出。

微微喜歡男生的鬍髭，不過，今天實在沒心情，胸口像是被什麼重物撾了一下。

在家躺着肉身發臭腐爛都無人知道，在生，卻是金光燦爛媚態動人的女明星。

微微吩咐：「再來一個。」

酒保調侃：「整瓶放下可好。」

陌生人又看她一眼。

他衣着討人歡喜，是那種考究便服，腳穿麂皮球鞋，也一個人坐着，喝威士忌。

酒保居然多事走近，「喂，我替你倆介紹，這是我們老主顧王小姐——」

話還沒講完，同事進來找人，「微微，找你，師姐情緒欠佳。」

酒保不忿，「喂，小姐，我的話還沒說完。」

同事斥道：「你是酒保，你的話永遠說不完。」

她把微微拉走。

酒保說：「看到沒有，女子那麼兇，誰還敢結婚。」

陌生人說：「你不必同情我。」

那一晚，誰的心情都不好。

人有同情心，他們同情的是自己，開始預測自身下場。

「趁早搬進療養院，免家人煩惱。」

「你有家人還算好。」

「子女會在你身邊跪着哭泣，只怕一個在巴黎，另一個在馬達加斯加。」

「你也不想他們跪在你床頭哭泣。」

「做人沒意思。」

忽然有人送名牌化妝品樣辦上來，大家又搶着看新顏色，「給微微留不反光唇彩，她最怕閃亮。」

微微改正初稿，「我累了，先回家休息，明早見。」

她緩緩走往停車場。

二姑母最詼諧，有子有女，卻一早付清身後有關費用，把那間事務所的名稱電話地址用大字報形式，貼在臥室門上，有事，一通電話，專員便會趕到辦事。

那晚，她睡得不安。

第二早，頭痛、賴床、呻吟、轉身、咚一聲跌落床，無味。

獵頭公司電話找，希望面談。

微微回答：「我在晴天撰稿公司做得很愉快。」

「王小姐，晴天不是雜誌社，亦非報館，更不是公關公司，它是四不像。」

微微不悅，「晴天十分創新。」

「少許職員有底薪，你屬按件收費，挖空心思，與眾不同，寫出別致稿件，看哪間雜誌社願意收購，可是這樣？」

微微不出聲。

「還不一定賣得出去，新聞稿一過時，沒人看。王小姐，我不過把事實講出，你別見怪，有雜誌社願聘你出任副總，轉會費百萬，可以預支，還有獎金。」

「謝謝你們青睞。」

「王小姐，都說這百萬今非昔比，可是，卻沒多少人一次過收過這個數目，以一個年青編輯來說，月薪三五萬已經算優薪，他得不吃不喝做幾年才能有這筆積蓄？怎好算是小數目，有這個金額，可以付部份房貸，置小單位過二人世界，是成家基礎，又可以行萬里路，讀書，自我增值——」

微微笑，「是，是。」

一百萬不容小覷，口氣太大沒益處。

「對不起，我講多了。」

「沒事，沒事，你的誠意，我心領。」

「別叫晴天利用，有什麼事，把你叫出來，寫一篇特寫，沒事，你在家空耽着。」

是，他們的確如此。

「你考慮一下，王小姐，聽説他們專叫你寫那種別的週刊三個人寫一個月的報告，別糟蹋時間精力才華。」

電話掛斷。

師姐找：「聽説獵頭人給你電話。」

「剛掛線。」

「説什麼。」

「百萬過場費。」

「把你當舞女？」

「都一樣是以物易物。」

「你不等這一百萬用。」

「怎麼不等，捐給宣明會多好。」

「第一次聽到賣身做慈善，別理他們，我加你稿費。」

「加到什麼時候，每年5％，蚊子都不耐煩睡着，港台澳、星馬泰，全部艱難加稿費。」

「聽聽這口氣。」

「做文藝工作，真辛苦。」

「微微，人難得做一份有興趣工作，以你學歷資歷，可轉往銀行，或考政務官，生病也支薪。」

「多謝指點。」

「前影后那篇文字，已經出售，價錢上佳。」

「師姐，你為何不辦雜誌？」

「我討厭接洽廣告。」

「有一篇特稿，說與其少年得志，不如大器晚成。」

師姐嘆氣，「真是孩子話，啊，還有選擇似的，事實半點不由人，每種職業裏的明星，頂多只得三兩顆，許多默默無聲幹足一輩子，僅夠生活，喏，我便是其中一名。」

「誰，誰是明星？」

「有人苦苦哀求他一百萬轉會那種人。」

微微知師姐揶揄，「咄。」

第二天回到公司，見桌上放着一隻小小行李篋，「誰的？」

「你的，放心，不是炸彈」，打開一看，是一箱仿製鈔票，一疊疊，全是白紙，裁成鈔票大小。

「一百萬。」

大家拍手笑。

微微悻悻，「我明天就過檔。」

「聽說陸續有來，箱子鑾重，鈔票也是紙，紙本來就重。」

微微被他們氣得穿上大衣就走。

被同事拉住：「別小器。」

「對，柳大海要結婚，打探一下。」

「那是誰？」

微微說：「我仍打算寫被遺棄男子。」

「這是個好題目，據統計，獨身男子的壽命比已婚者短15%。」

「這麼多。」

「是呀，老婆奴別羨慕王老五。」

「是指鰥夫吧。」

「不，多數單身漢都如此。」

「那寡婦呢？」

「那又是另外一個題目了。」

有同事哼一聲，「我大表姐年前辭世，開頭六個月，姐夫還有電話來往，接着，音訊全無，有人看見他挽着不同妙齡女子出席娛樂場所，重新做人，幸虧沒有孩子。」

師姐說：「那也是好事，應尊重他人意願，也有壞人，置家庭不顧，日後無以為繼，又四處抱怨被前妻遺棄。」

「有這樣的人？」

同事給微微使一個眼色。

微微噤聲。

師姐走開。

同事低聲說：「說的正是師姐自家事。」

是的，微微也聞說，那男人後來再婚兩次，可是死咬師姐不放，因為師姐有收入。

沒有什麼原因，他是壞人，壞人做壞事。

該人與師姐糾纏不清，一時叫人拿一張椅子上來，一定要換五千，同事怕煩給他五千，他又說一萬，結果來的是保安。

好好的師姐，也被這人拉扯得沒臉沒皮。

微微曾慨嘆：「我們也不過是靠手靠腳找生活，這男人老狗為什麼不行呢。」

「很多人認是懷才不遇。」

沒有結論。

「有沒有人問過他，到底要什麼條件他才罷手。」

「沒有底，勒索者永不收手。」

大家嗒然。

「誰與我去光明酒吧喝一杯？」

師姐說：「你那篇訪問棄男的稿子我已出售，還不快動筆。」

呵，賣者去也，無謂留戀。

比作畫的人強，至少，寫作還可留個底稿。

「你在辦公室寫好，在家寫也好，總之要速速寫出。」

「我到酒吧寫。」

「從前的作家，深夜人靜，一盞孤燈，一支香煙，坐着等待靈感，時時咳嗽幾聲，謙稱爬格子，或是筆耕。」

「我手臂起雞皮疙瘩。」

「師姐，我們也辦一個詩社，或是朗誦會，微微是我們頭牌——」

微微說：「我還是把稿子寫出是正經。」

都明白了。

「讓微微家長投資做一爿文社，給我們當歇腳處吃喝玩樂，累了就一覺睡倒，微微是獨女，家境小康，父母鍾愛。」

微微推門進光明酒吧。

該日，有人包場，慶祝生日，五時半其餘客人必須清場。

微微問酒保：「吃什麼。」

「香檳、龍蝦。」

「我可否混在一起。」

「我想不。」

這時，鄰座的人聽到她笑語，面孔含蓄地一抬，啊，她記得他，她昨日也見過他。

酒保接着說：「微微，我給你介紹一個人。」

這時，生日女走近，「對不起，你們要離去。」態度有點囂張。

微微立刻站起，拿着威士忌杯子走出門口。

站在門口喝也一樣。

她輕輕說：「身後有餘忘縮手，眼前無路想回頭。」

有人咳嗽一聲。

是那個男客，身量比想像中高大。

她朝他點頭。

「你是喂喂吧，我叫趙家子。」

微微笑，「好名字。」

他輕輕說：「以前，讀書之際，唯一樂趣是打曲棍球後往酒吧痛飲，酒吧打烊前鳴鐘驅逐酒客，大家哪裏肯散，於是酒保閃燈，再不走，索性把燈熄滅。」

微微猜想他在英倫讀書。

他又問：「為什麼叫喂喂，可是小時記不清人名，人人只管叫喂喂。」

微微懶得解釋，「小二為什麼要把你介紹給我。」

「他說，」有點不好意思，「你的朝氣可以醫治任何傷痛的心。」

微微一聽，兩隻眼睛亮起，綻出晶光，她的興趣噴泉，「你是一個傷心人？」

「這種事還開玩笑不成。」

「你被遺棄？」

那趙家子反而微笑，店小二敢情說得對，這女子的確爽朗。

微微這時才正式介紹自己，「我叫王微微。」

兩人握手。

「可以問幾個問題嗎？」

「今年三十二歲，已婚，妻子失蹤已經三年，已申請離婚，沒有子女，完全不明分手因由，終日借酒消愁。」

微微沒想到他如此坦白，忍不住笑。

「啊，我就知會被挖苦，但小二說你不會嘲笑我。」

「小二說得不錯，不過，你肯吐苦水，這證明你已經放下大半。」

他喝完手中啤酒。

兩人把酒杯放在門角，一起散步。

「你有職業否？」

趙家子答：「我是公務局環境設計建築師。」

真有這樣的人！

表面條件優級，但是，遭伴侶遺棄，微微找到研究對象。

「你的苦惱，可有找心理醫生處理。」

「醫生一邊聽一邊『嗯，嗯』，十節治療之後，我自動放棄。」

「朋友呢，可有傾訴。」

「不便透露私隱。」

「長輩呢。」

「『大丈夫何患無妻』。」

蠻慘的。

他的故事，真值得探測。

「趙家子，你肚子餓嗎？」

「想吃煲仔飯。」

「一起吧。」

走進地踎店，叫了排骨飯與鹹魚雞粒，繼續喝啤酒。

微微清一下喉嚨，「我先向你坦白。」

趙家子微笑，會不會太早一點，他沒打算追求，只不過吃頓飯、聊聊天，慰寂寥。

這女子有趣。

「我是一名自由撰稿員。」

他訝異，「作家。」

「不，撰稿員，正在研究男人之苦。」

他還是不大明白。

「特稿，想探一探男人是否也會感到失意苦楚。」

趙家子一怔，「男人不是人？」

「許多時候，大家都那樣想。」

「『大家』是指女性吧。」

「譬如說，我們覺得詩人拜倫的確敏感得叫人心痛，他是例外，雨果，文字淒婉，讀之落淚——」

「慢着，你要研究我的情緒？對不起，不，吃完這頓飯算數。」

微微嘆口氣。

「多麼不道德，把別人的痛苦當研究。」

「我不想瞞你，我就是這個企圖。」

各自吃飯，道地煲仔飯味道還真不錯。

「喂，算你是真漢子，一上來就說實話。」

「可是老實人吃虧啊，好題材飛走了。」

「男人不會把委屈一層層說出。」

「我不想與你開辯論會，可是，愛吐苦水男人並不少，還有人自三歲說起，他爸的錢不夠，他媽的愛不足，他女友毫無義氣。」

「哈哈哈。」

還有，牆角一條電線老是絆他腳，社會又不知公平。

微微指東道西，旁敲側擊，抽絲剝繭，自以為含蓄，想得到蛛絲馬跡。

當然，趙家子不是笨人，他微微笑，「這樣投石問路，你就不公平了。」

吃飽了，加上啤酒，叫人滿足，幾乎想打個飽嗝。

她伸個懶腰，「不願透露，拉倒。」

趙家子雙手插口袋，看着活潑姑娘，其實只要她釋出善意，與他約會數次，一定可探到若干消息，難得是她老老實實，說出企圖，叫他防範，王微微小姐雖敗猶榮。

「再見囉。」

趙家子踏前一步，「幾時？」

「趙先生，我不是那種追求小情小趣漫無目的但求有人陪的小姑娘，你若不能滿足我的要求，見面只是浪費我的時間。」

趙家子氣結，再次哈哈大笑。

「你想清楚再找我。」

「我怎麼找你？」

微微給他一張名片。

她朝他擺擺手。

回到家，想到這個叫趙家子的人，深覺有趣。

她喜歡他名字：誠懇、坦白、平和、簡約，她讀報上新聞，一些犯事的人，擁有十分富麗堂皇的名字，叫禮賢、國棟、良樑、雍華……不可一世，行為卻有負祖宗所託，十分悲涼。

第二早，同事來約，「去一個有趣地方。」

「我不去任何夜店。」

「別把我們說得那麼猥瑣。」

「其實，寫一寫那些場所裏裸露女侍應——」

「試過，她們不願說三道四。」

「真是江湖有江湖道義，知道什麼時候閉嘴。」

「三時到你家接。」

同事駛一輛六人車，已經坐三位同事，一上車便有叉燒包麻蓉包招待，還有一杯上好普洱。

「去何處。」

同事給一頁單張。

上邊寫着：「美化市容公路天橋花園開幕禮，歡迎市民蒞臨參觀。」

啊，微微聽說過這個計劃，什麼，已經完成？倒是有速度。

「新公路三年來叫市民眼冤，連市長都說醜陋不堪，好好一個城市，叫鋼筋水泥劃成兩半，環境局派員到市政廳建議在公路上創建園林，被市政廳議員轟出，結果——」

微微發怔。

「今早終於開幕，造福市民，值得歡呼三聲。」

「設計師是什麼人。」

「CZ趙？周？」

微微不出聲。

車子只能停遠處，天橋附近人山人海，像舉行廟會。

抬頭看去，眾人驚嘆，只見公路簷篷上一片綠陰，繁花似錦，明明是座園林，哪裏還有三合土公路影子。

「去，上去細看。」

他們隨石階兩邊沿上，已見遊人如鯽，石階兩邊流水淙淙，把市聲遮蓋。

「設計師是天才。」

一組人細心觀察，只見天然石卵地面，故意留隙，好讓野草生長，群花並不屬名貴花卉，只是日常所見品種，恰巧有風，把它們吹得往東擺又往西搖，美不勝收。

市民讚不絕口：「好了好了，孩子們多個遊點」，「快窒息城市可以鬆口氣」，「多大？」，「天橋一公里，花園也有一公里」，「嘩！豐功偉績」，「那邊有休憩處長椅草地，快去」，「咦，開幕禮開始了」。

一組人連忙往前擠。

看到不少行家勤懇拍攝。

「市政廳很少做這種不擾民好事。」

「這設計叫人心服口服。」

只見講台上站着好幾名西裝煌然官員，愉快交代來龍去脈。

微微眼光落在後排不搶風頭的英軒男子身上。

他正是趙家子。

某官把他推出介紹，市民鼓掌持續三分鐘不停。

趙家子含笑踏前，不卑不亢說了幾句，市民又齊齊拍手，「好！好！」像古人看京戲般喝采。

女子，多多少少有些崇拜英雄，微微感動，對趙家子完全改觀。

她輕輕離開群眾，往花園長廊走去。

漸入佳境，只見避雨亭、衛生間、小食店、長櫈，設施應有盡有，另一處是欄杆，可見車輛繁忙駛來駛去，但，兩個世界，如置身香格里拉看俗世。

微微五體投地。

任何參觀過天橋公路花園的人都會愛上趙家子。

穿泳裝孩子們奔向噴水池大聲笑，小腳板啪啪響，叫大人忍不住高興。

微微忍不住坐下觀看。

有人在樹陰下看報、玩遊戲、聽電話、談情。

同事找到微微，「怎樣？」

「偉大。」

「據說所費有限，全部太陽能發電，蓄貯天雨，處理後再用，建築費與搭棚架相若。」

「還有無第二座？」

「問得好，有！」

「何處？」

「東埠一個面海的百年棄置煉油廠。」

「啊，是同一設計師？」

「這次出頭了，他組成隊伍，一共二十人，有三名分子化工師幫他研究改良污染泥土。」

偉哉。

「微微，這人值得訪問，問他娘親自小餵他吃什麼為何有此才能。」

微微咳嗽一聲，「社會不少能幹人才。」

「是呀，但鑽研宇宙大爆炸起因有何用？實用科學、關心民生才造福社會，」同事握拳揮舞，「生銹煉油廠可變兒童遊樂場，那才是真正魔術師。」

微微不出聲。

「回去，立刻做訪問，忘記那些被遺棄的男生，當然先表揚成功人士。」

微微身不由主，點頭。

同事說：「花園裏共種植二十種花，輪流開放，四季都有色彩，還有畏羞草，供孩子們觸摸，嘿。」

「有無發覺他長得英俊。」

「唉，一個男子有如此才華，管他是否鐘樓駝子。」

說得真好，依此類推，世上沒有不好看數學教授，男子，以才為貌。

「微微，已有外國記者聚集，說『我們的城市也需要這種花園』，快，訪問別落洋人手。」

「行。」

微微對自己的前倨後恭有些慚愧。

「我是阿喂，可以出來一次嗎。」

他很爽快，「老時間，老地方。」

微微特地穿一件花裙，又換下，穿平常襯衫長褲，別太明顯。

他比她早到。

正與店小二說話。

小二一見她，立刻把一瓶威士忌放到她面前。

都如此詼諧。

微微開口便說：「我參觀過你的架空園林。」

「我看到你，與一班同事一起，儀式完畢找你，你已離去。」

微微拱拱拳，「拜服。」

「不敢當，最喜歡什麼。」

「一歲到百歲市民都可往消閒。」

「我們還裝噴霧器，天氣炎熱時可像主題公園遊樂場那樣降溫。」

「真照例。」

小二多搞作，「那邊有二人座位空出，請那邊坐。」

一對年輕人異口同聲：「不，這裏就好。」

隔一會微微鍥而不捨，「為什麼她放棄你？」

趙家子看着她，「你彷彿不會放棄。」

微微真想知道。

「這樣，我問你一個問題，你回答得出，我便告訴你。」

「咄，你叫我背出滿天星斗名稱，我不會。」

「不會，普通常識。」

「說，『辟雍』是何物。」

微微一聽，雙眼亮起。

糟，趙家子怔住。

微微答：「辟雍，是清朝乾隆向大臣及學生講學的演講廳，本來，皇帝一向在太子監即大學堂講論語之類，學子都跪着聽，但乾隆嫌那廳不夠宏偉，故另外建造一座更加鋪張之處，辟，指一環清水，雍，是池水中央的小山，故為辟雍。」

小二先呆住，「喂喂，你學識淵博。」

趙家子也微笑。

「好，到你坦白。」

「這是我的住址與電話，我會從實招出。」

微微氣忿，「説話要算數。」

他攤攤手。

微微站起，「不玩了。」

他拉住微微，輕輕説：「她不愛我了。」

聲音很輕，委屈動人。

已經說到這樣，微微只得拍拍他肩膀，「講得很好。」

還研究什麼，不愛他了，他多好也無用。

微微掏出那篇報告：「這篇文字，你看看，可需要改動。」

他意外，「隨意改動別人訪稿，企圖文字完美，沒有意思，訪者自有意見，我不會在發表之前審閱。」

又一個優點，真是明白事理的人。

「那，我拿去發表了。」

他有點落寞，是微微的好奇打擊他情緒。

「你放心，以後我不會再探你隱私。」

交出稿，算一算，這個月夠開銷，不禁吹起口哨。

師姐說：「已有好幾篇趙家子報道出來，微微寫得最親切淺白體貼，她真是第一名高手，而且是極好拿九十八分第一名，本市第二名寫手只得七十分。」

「她不誇大。」

「亦不造作。」

「可惜無心專業，吊兒郎當，太瀟灑一點。」

「太刻意討好，顯得努力鑽營，意境俗了不好看。」

「你看她一開頭，寫歲餘幼兒蹣跚走到她膝前，抬頭叫媽，太快活了，認錯人，他母親連忙把他抱走，不住道歉，『這地方真叫人舒暢』，還拍下照片，幼兒嘴巴很大很醜，圖文可愛貼熨。」

「我們怎麼不知道，我們也在場。」

師姐把微微叫到辦公室。

「微微，聽說趙子還有一個策劃。」

「我聽說過，是座廢廠舊址。」

「你去看看。」

「十劃還沒有一撇。」

「我們煲冷灶。」

「『附着的工地前與工地後』圖片可有採用。」

「當然有，城市日報十分歡喜。」

「他們也登膩最新時裝與化妝品。」

「化妝品有可寫之處，你想想，半世紀前唇彩與今日比較，裝潢、顏色，新舊牌子……不也有趣，還有粉盒，你可有見過卡地亞為名媛特別設計的裝飾藝術白金美奐美輪寶石粉盒。」

「明白。」

「要放心思入文字。」

微微笑，「也不過是想到什麼寫什麼。」

「可是，今日的人心惶惶，無論幹什麼行業，都似趕命，一味慌闖亂踏，怕落後，趕潮流，全無個人風格。」

還風格呢，衣服都來不及穿整齊。

這時速遞公司送包裹。

「誰的禮物。」

「是友人送一塊大英博物館仿造的小型羅薩泰石碑。」

「真好笑，羅薩泰位於埃及，又是擄劫之物。」

師姐拆開包裹，這塊仿製品尺寸比較大，可以約莫辨別石上銘文，刻着三種文字：古埃及象形字，古希臘文，以及現代希臘文，因屬同一文獻，象形文字得以破解，此石功不可沒。

師姐放在桌上當裝飾。

「還有一塊紙鎮大小的送你，願你在文字上有所突破。」

「這不是嫌我寫得不夠好嗎。」

「可以更好。」

「討厭。」

這時微微的風格已經恃熟賣熟。

「喂，趙子，可否讓我看一看那廢棄煉油廠。」

趙家子訝異，「該處不適合你去。」

「因為我是女子吧。」

「不是陌生人參觀之處。」

「我是記者。」

「尤其是好奇記者，工業廢址危險重重。」

「咄。」

「我可以給你看航拍機攝錄片段。」

「我會保守商業秘密。」

趙家子說：「看到你那篇報告了，都說寫得好。」

「不敢當。」

「上司說寫得有人情味，踏實，窩心。」

「哪裏有那麼好。」

「他想聯絡你，市府還有好些計劃，想介紹給公眾認識。」

「對不起，自由筆、自由身，不受任何個人或機構所用。」

呵，這是個黑白分明的年輕女子。

「你喜歡到我住所還是寫字樓？」

她想看他的家。

趙子似知道她心意，「住宅由前人設計，無暇變動。」

微微笑。

入屋，倒也舒適，是簡約設計，前女主人喜歡白色，地板都用白松木，一間空房堆滿瓦通紙箱子，她的舊物尚未搬清，那麼多雜物，可見簡約設計不過是迎合潮流。

休息室電視熒幕大如黑板，正在播映「鳥類遷徙」，趙子給她一罐極凍啤酒。

他讓她看東埠那地盤。

小小航拍機像一隻精靈，停在半空，俯覽整個廢址。

微微倒抽一口冷氣。

廢墟就是廢墟，鋼鐵建築生銹傾倒，七歪八斜，都不成樣子，斑駁銹爛，只餘架子倒在污泥裏。

黑色泥漿好幾呎深，一腳踩下，怕不好受。

偌大地盤空蕩蕩，無人、無車，連飛鳥走獸都無，想必泥土污染含毒。

「嘩，」微微說：「像切爾諾貝爾，又像費里尼電影。」

「說得真好，正是百年棄址。」

「這麼大一塊地，真可惜。」

小小飛行器飛近遺址拍攝，真是不忍卒睹，寸草不生，不知如何改造。

「你如何出沒測量地盤，可是穿長靴。」

他打出記錄片段。

原來工作人員穿連身塑膠防水褲子。

有人叫喊：「最深之處九呎！」再大個子都可以淹沒。

難怪說她不可以去。

微微攤手，「這怎麼辦？」

趙子笑，「一步步來。」

他放設計圖則着微微看。

熒幕上忽然一片綠央央，一邊解說：「草地、遊樂場、泳池，休憩更衣室、茶座，這座小山丘，叫風箏山。」

微微看到五座桶狀建築，「這一群是何物？」

「是市政廳與我組爭吵不休的問題。」

「又是市政廳？」

「是呀，這是一組舊油鼓，修復髹紅黃藍三色，變成兒童攀登塔，你看，一大四小，像不像一家人。」

微微笑，越聽越開心，「好好好。」

「市政廳就是看不到。」

「他們已被條文箍死。」

「我組會努力爭取，不達目的，誓不罷休，說什麼都給百年油廠留下一縷靈魂。」

微微看着趙子說不出話。

他前妻如何會不再愛他？

趙子說話，懂得用「我組」，當然，他不可能一人行事，頂多是總策劃，可是有些人，忙不迭把所有功績攬到自家身上，我的這我的那，「我我我我」——微微對他又多添一分尊敬。

「你有多少同志？」

「光是令土壤重生，便有兩名化學工程師。」

「這污染土壤，是否全部鏟走。」

「鏟往何處？又找什麼新土堆填上？不不不，用最新化工方法，施解藥解毒，使之重生。」

……一直談到日落。

許多深入淺出圖解，連小學生都明白處理步驟，市政人員想必可以瞭解。

越夜越精神，都淩晨一時，不得不告辭。

兩人吃宵夜到兩點。

微微不知多久沒這樣熬夜，回到家，仍然睡不着，眼見天濛亮，才闔上眼，一下子就紅日照頭。

趙子敲門，「起來起來，今日天氣好。」

微微請他在小客廳等，連忙漱口洗臉。

他帶着兩瓶香檳，放進冰箱，「晚上喝。」

「慶祝何事。」

「通過保留那五座油塔，可以正式開工。」

「恭喜恭喜。」

其實一個電話可以知會，他卻親自上門。

「我還要開會，今晚見。」

他匆匆又離去。

香檳送什麼最好，當然是馬賽海鮮湯。

微微把新大綱交到師姐處。

她好奇問：「同事們都在寫什麼。」

「大張寫英人與奴隸制度。」

「多麼嚴肅悲慘，為何翻舊賬。」

「以你說，通統忘記？英人把奴隸放在殖民地，予取予攜，以致強國，最可笑當美國廢除奴隸制度，英國再無棉花進口，蘭開夏郡紡織工人失業發生飢餓，靠美人運來一桶桶麥子救濟。」

「我對英歷史算很熟，卻不知此事。」

「真不知是英人成功抑或世人失敗。」

「有無本市愉快消息。」

「你想高興，看本地製作歷史宮闈劇：公主宮女太監自由進進出出皇宮，笑壞人。」

微微交上報告大綱。

師姐放下咖啡杯，「啊。」她說。

忽然靜下，仔細閱讀。

「這人是天才。」

微微點頭，「我也那麼想。」

「字裏行間充滿敬慕之情。」

「最佩服為眾人做事的男子。」

「那麼，你也佩服史懷哲醫生。」

「史醫生在非洲單槍匹馬行醫動機未明，許多評論説他拒絕聯合國資助是因為想維持個人神一般身份有關。」

「微微，太苛刻挑剔沒有好處。」

微微大笑。

「去給我們買些點心。」

微微上網付賬預訂，然後派小明取貨。

「我還有事，先走一步。」

師姐凝視微微苗條背影。

終於叫她遇上一個好男子。

女性癡心，不會喜歡她們看不起的異性，不比男子，伴侶愚昧自私無知不妨，只有更加放心。

這趙家子果真十全十美？

只怕什麼地方穿着一個大窟窿，微微一時尚未看見。

微微到街市買許多新鮮海產香料蔬果，回家炮製海鮮湯，食材先洗淨，用一隻大鍋，把它們一層層放進，注入高湯，溫火煮三十分鐘。

試味，十分滿意。

可是，一直等到九時，趙子還不見人。

微微用電話找他。

響很久，才有人接聽。

「趙子在嗎」，「正講解設計」，「你們在哪裏」，「他家」，「吃飯沒有」，「都快餓死，請問你是誰」，「馬上送食物來」。

微微把大鍋、蒜蓉麵包等全部搬上車，駛到趙宅，叫人下來拎。

有年輕男子笑嘻嘻說：「王小姐你是天使。」老實不客氣取出。

微微嘆口氣。

真不是味道，第一次約會這趙子便失約。

幸虧她機靈，把食物推銷出去，海鮮可不經擺。

年輕女子的歲月何嘗不是。

微微回家探親。

王母說：「棠表姐終於決定明年結婚。」

「計劃長久，仍是那個人？」

「姓藤，仍是他，新人快變舊人。」

「新居終於裝修妥當，恭喜恭喜。」

「不打算設筵，到一座島上度蜜月。」

「可是送飛機票住宿飲食請親友觀禮？」

「好像是，我們兩老走不動，你代表吧。」

「我妒忌得臉色發綠，不想去。」

「那不行。」

「屆時再說吧。」

「你呢。」

「我什麼。」

「有對象無。」忽然見賢思齊，本來坦蕩，也開始關心女兒婚事。

「之所以子女不願回老家就是因為爹娘一定要問這種無法有答案問題，叫小的們尷尬失措，像是無以報答養育之恩。」

「我只想你有人照顧。」

「今日誰還會照顧誰。」

「女兒你這樣講我更加悲觀。」

「王母今日你是怎麼了。」

「老了，你回去吧，老媽要休息。」

微微被趕出。

回到家，門口有人蹲着。

是趙家子，背靠大門，都快盹着。

他好像不知可以電話電訊聯絡。

「謝謝你的海鮮濃湯。」

「不客氣，香檳還留着。」

他吻她的手，「多謝你的鼓勵。」

沒想到他嘴唇糯糯。

「我要回去，他們還在等我。」

「通宵？」

「哎唷，打鐵趁熱，三五天不眠不休常事。」

微微想說：當心身體，但，她不是老媽，又不是老妻，講話要小心。

他又像飛天俠那樣忽忽而去。

一連幾天見不到趙家子。

師姐問：「你愛上他。」

「還差一點。」

「他雖是理科人，但思想天馬行空，似文人。」

「師姐，伊之前妻，到底是什麼樣女子。」

「這就不關你事了，兩個不同女子，切忌比較。」

「她長得可美。」

「清麗別致，不可多得。」

「你見過照片？」

師姐遲疑一會，「我有朋友，是她的朋友。」

「啊，叫什麼名字，多大年紀，家境如何？」

「不說，微微，你絕對也是九十七分女。」

「哈哈哈哈哈。」

「就喜歡你這種笑聲。」

女同事忿忿走進，「一肚子氣。」

師姐說：「皆因你器量小。」

「說來聽聽。」

「舊同學會茶敘，一進門便有人纏着說：『你那麼精靈，今年收入多少』，

又有人問：『你們女子寫文字，怕同搓麻將一樣不過是消耗時間吧』，還有『這

篇叫流金歲月，什麼叫流金歲月？』」

師姐板着面孔，「有，有解決辦法。」

「請賜教。」

「下次不要去那種場合。」

大家笑得前仰後合。

「師姐，你沒遇見過這種氣事吧。」

「嘿，我又不是生下就是師姐，小智慧慢慢自吃虧中學會，我遇到最無禮的女子，是在一次飯聚，她並非人客之一，忽然自鄰座走近，彎下身子，在女主人身邊講悄悄話，一手遮住嘴，怕在座人士聽到，直說十分鐘，才走開，可是隔一會，又回轉，說得更長久，眼珠到處轉，像是問：『猜我說誰』，又十分鐘才走，破壞整個飯局氣氛，空前絕後，再沒見過如此無禮之人。」

同事想一想，「女主人也無禮。」

微微說：「我附議，主人應同該人說：『今日我不方便聽是非，改日再約你講個口沫橫飛，今日我需招呼客人』。」

「你怎知是是非。」

「你見過有人在耳邊談唐詩宋詞沒有。」

「之後呢。」

「之後我不再赴該位女士之約。」

「微微，我與你合作，寫一篇『遇到難堪挑釁該如何對答』。」

「一，我不與任何人合寫文字，第二，我從不作應對，不打筆戰。」

「討厭，你驕傲，高自標置，孤芳自賞。」

師姐連忙說：「嗯，別吵架。」

「你嫁不出去。」

「彼此彼此。」

「被外人聽見，笑歪嘴巴。」

兩人還不休止：「你的文字，只有工廠妹看，我的讀者，全是大學生。」

「咄，讀者無分貴賤，工廠妹自食其力，自有地位。」

有人推門進來，「吵什麼，你們都是二幫配角，我，我才是正印花旦。」

又笑得打跌。

本來，這種生活挺美，偏偏出現一個趙家子。

歡樂受到限制，微微嗒然。

這叫患得患失。

她訂最好自助餐送上趙宅。

師姐知道，一定會說「蝕煞老本」。

微微把雙臂枕在腦後，沉吟良久。

她完全不是那種開銷全歸男方的女子。

有位朋友比她更糟，聞說一個追求她的男子用輛小小白色日本車接送，

忽然，不見那輛車子，原來他前女友討還，那車，屬於另一女子所有。

照說，朋友應當即時踢開該名追求者：怎可用甲女之車接送乙女！

但她沒有，她斥資另買一輛黃色跑車，仍由該男駕駛。

比起朋友，一兩桌自助餐算得什麼。

這樣的男子，與女友分開，居然很快又找到第三家，永遠毋須買車。

而趙家子如此完美人才，卻被遺棄，何解。

一星期後，微微終於忍不住氣，找上趙家。

他的團隊仍然高談闊論，他卻不見人。

大家給微微一隻罐，「王小姐，這是我們該付的飯錢。」不賴賬。

「趙子呢？」

「他在醫院，沒知會你？」

微微耳朵嗡一聲，「什麼事？」

「他在地盤摔跤折斷手腕，沒大事。」

微微心都涼，取過資料，連忙趕去。

剛好趙家子出院，左手打着石膏，精神不錯。

他有點懊惱，「這種糗事，叫他們別說。」

「不怕不怕，我一樣愛你。」

他看着她，「當真。」

「真珠一樣。」

他又吻她手心，「肚子餓。」

他要吃及第粥，老闆看看他傷臂，「戒口，吃皮蛋瘦肉吧，這位小姐可以狀元及第。」

微微笑，「人之患，在好為人師。」

老闆回嘴：「別以為我是粗人聽不懂。」

趙家子起立打躬作揖，真是難得的幽默感。

微微找不到任何女子要與他分手原因。

她自己也是半個記者，當然有記者朋友。

「——趙家子，他可是市政廳那得獎設計師？你那篇報告寫得動人，好，找到資料傳給你，只是，你為何不自己動手搜查？」

微微語結。

朋友不再追究，「你欠我一個。」

不到一天，消息傳至。

「該位女士叫金智娜，韓籍人士，長居本市，是真正名媛，父親是一間重工業公司總裁，街上走的小轎車，許多是金家產品，年前惹了官非，親屬才默默遷移他鄉。」

與趙家子的婚姻，只維持年許，毫無條件分手。

金是一名稍有名氣畫家，長相清麗，外國著名時尚雜誌訪問過她，資料附着畫作展出日期地點，熱鬧酒會中她穿着喬治桑時代男服，別致、不落俗套。

至於畫，照微微眼光，已經很客觀，不過是大筆掃蘸大量油彩自左至右自上到下狂草，白上加白，黑裏透黑，倒也算大方，面積巨型，看上去舒暢。

這種大型畫作成本也不是人人負擔得起，非要有面積寬敞畫室才能暢快落筆。

金的畫室就叫金畫室，設小型咖啡廳招呼生意伙伴與親友，記者說：供應小型甜鬆餅，特別美味，盡量減油，不妨多吃，有人特地為它探訪金畫室。

嘩，格調奇高，彼此都不憂茶飯，女方又高檔些。

微微自慚形穢。

那才叫做有嫁妝：名聲、學歷、住所、消遣，都與生俱來。

可是，也有得不到東西，如果金要婚姻，金沒得到。

記者朋友來電，「與趙家子堪稱一對璧人。」

「為何分手？」

「不是每個人離婚都嘩嘩叫，他們是斯文人，生活也相當低調，嗯，你為何好奇。」

「他們也算是公眾人物——」

「你別有用心，這樣，我盡量滿足你好奇，傳一段片子給你看。」

錄影像是在一個舞會拍攝，金智娜帶領其他盛裝賓客跳舞，他們跳快步，少一些技巧都不行，兩腳需快速輕巧不住蹬踏踢，金女士做得完美無比，卻又不會一本正經，還能笑着與男伴眉來眼去。

男伴已不是趙家子。

那是一個西人，金棕頭髮、碧藍眼珠，笑起來雪白犬齒，舞步與金智娜配合得無瑕可擊。

「她新伴侶？」

「金的追求者遍世界，確是國際級名媛。」

「看樣子很會享受生活。」

「沒有固定擇偶條件，但是，一定要賣相漂亮。」

微微無語。

「記得你大學時期男朋友也全是洋男。」

被同文同種男同學譏諷：「在王微微眼中，中華男子全不存在。」

洋人有洋人好處，不多嘴，分手時較為爽快，而且，漂亮。

「今日的你，微微，靜得多。」

「誰耐煩說我這種普通人。」

「行家某男說約了你一年不得要領。」

「二月廿九我有空。」

「當心，一定有閏年。」

「我記錯，是二月三十。」

微微這樣記錄：配偶太強壯美麗，導致男方被棄原因。

該晚，她到光明酒館，發覺門外擺放大照片招牌：本店美女顧客如雲，有相為證，照片上美女人客中赫然有王微微倩影。

她推門入內：「店小二，你不把照片除下，我永不光顧。」

小二嬉皮笑臉把招牌收回，大抵，明晚又擺出去。

有人伸手招她，「王小姐，這邊。」

一看，是趙子團隊成員。

她歡喜，以為他也在，可是四處一看，獨缺他一人。

「趙子在大學實驗室示範土地去毒實驗，這次參觀者是充滿疑惑的街坊組長。」

「呵，要經過這麼多組織。」

「像個大家庭：太祖母、祖父母、父母、叔伯，說不定還要打開祠堂大門，極之繁複，有時，遇到無禮障礙，氣得流淚。」

微微說：「我請喝酒。」

「王姐，我們請你才真。」

微微一怔，什麼，剎那間變姐姐了。

大方，必須學習大方。

小二告訴微微：「趙子是工作狂。」

微微也回辦公室操勞。

有同事每隔三年便做一次調查報告：「女/男子最討厭行為是什麼？」

「為示公允，先說女人惡習。」

微微建議，「什麼時候了，還分什麼男人女人，但凡是人，到一定歲數，勢必千瘡百孔，百病叢生，公平一點，一起算賬。」

同事說：「萬萬不可，女人的毛病不夠男子多。」

「你也太偏心。」

微微在板上寫：「通病：嚕囌，一方面一句，另一方說十句，不要以為多話女子普遍，你幸運才聽不到說個不停的男子。」

微微又寫下：「多疑，喂喂喂，你以為沒有疑心重的男子，我知道某丈夫把電話月結單細究，得知老妻私下與某銀行通話，大發雷霆，說如有下次，即時分家。」

難以置信？但「也有人妻聽見丈夫與婆婆説話，站在門角聽。」

「還有，最惡劣行徑，凡是不討好之事，均命對方出手。」

「一天打十通電話查人」、「無論何種節日，無聊至姨婆之孫滿月都要出席送禮」，「嘿，又説到女性劣跡」，「當街當巷教孩子」……

「你們忘記一件墨黑的事。」

「打女人，肯定是打女人。」

「有外遇。」

大家沉默。

這時，板上已寫滿滿。

師姐見到，這樣說：「你們天真，忘記最毒一棵樹，一切毒果毒葉毒枝隨它而來。」

大家屏息聆聽。

「那就是，雙方均無經濟基礎。」

同事說：「我們並不貪慕虛榮。」

「衣食住行與虛榮並無關係，每日捉襟見肘，日久生厭。」

「回不改其樂。」

「顏回沒有子女，他的同門，長袖善舞的子貢，時時照顧他。」

微微說：「伴侶之間，不應有義嗎？」

「奇是奇在受益該方，尤其是男子，日久覺得身份卑下，開始作怪，有人抱怨整個荷包尚未得手，有人覺得鄰婦比較溫柔。」

啊，他們都未遇到如此例子。

「不能相敬如賓嗎？」

同事嗟嘆到擲筆。

「數一數，我們這裏七名女職員，五名有家庭子女，今日，忙工作家務，透不過氣，日久或會減壽。」

「在職母親心臟患病機會多15%。」

「啊，不是膽怯者可以勝任。」

「醫生說：鰥夫壽命也較短。」

「把統計數字統統查清應用。」

「寡婦最慘，男子即使幫不上忙，站出喝一聲，壞人總有點顧忌。」

「你沒見過真正壞人。」

同事開始分工。

微微說：「我來設計表格，逐項列出，叫讀者✓，最後才列出最壞缺點。」

「我還怕對方髒、亂，像衣物從來不洗，拉開衣櫃，一陣騷臭，又有人乾脆堆地下，沒有一雙乾淨襪子，自己不會洗頭，只往店裏……」

再說下去，沒人敢結婚。

「不健康地孝順。」

微微忽然想，那，趙家子有什麼毛病。

她並看不出。

詳細排列項目，還是男人毛病較多。

師姐說：「明日，徵求諸男同事意見。」

男方非常踴躍，自動列出罪狀（一）假：假牙、假鼻、假下顎，有人細字注明：假巨胸例外。

（二）愛娘家多過愛自己的家。

（三）出門赴宴打扮叫男方坐着等一小時以上。

微微說：「許多男女沒有明顯缺點也被離婚。」

（四）時時往名牌店一擲千金。

（五）什麼都要與別人比：人家的屋，人家的車，人家的珠寶……

（六）眼中只有$符號。

「喂，男同事不赦我們。」

「男人也整形呀，會計小陳的雙眼瞼並非天生。」

「小陳有眼疾，不算，他眼瞼鬆弛睜不大。」

微微想，趙子又有什麼毛病呢。

「啊，請看該項缺點。」

（七）不願生育。

趙家子不願生育？

她怔住，她沒想到這一點。

隔一會微微伸懶腰，「累了。」

「這個與讀者互動測試會否稍為無聊。」

師姐說：「與生活有關題目永遠重要。」

在升降機裏，同事們還在談題目：「錢，最重要吧。」

微微搖頭，「對錢的態度才重要，我家家長從來不分彼此，夠用就好，而且不亂花費，從來不帶傭人遊歐美，亦無不良嗜好。」

「夫婦都是好人，與錢無關。」

「有些人成功做五十年夫妻，因為完全盲目，看不到對方愚昧自私貌寢。」

「那麼，盲目是天下至大福氣。」

「微微，你從來不談過去。」

「過去了，救不回，談什麼。」

「最討厭把過去女友種種放在嘴角的男人。」

「好呀，舊情綿綿嘛。」

「微微，你不恨人。」

「最恨肚子又餓，去吃燒鵝飯。」

她先走一步。

後邊的同事說：「已有年餘無人送花到辦公室給微微。」

「也許這位不喜花費。」

話還沒説完，速遞人員上來，「王微微小姐收花。」

是大束白色玉簪花，香聞十里。

大家湊近，「送花，不算浪費，先放我桌上。」

沒有名片。

那人，隔日隔日地送，接着的是梔子、薑蘭、茉莉，還不知何處得來的米蘭，全部沁人心脾。

「誰？」

微微答：「我也不知道。」

大家懷疑她絕對知道。

不會是趙家子，他豪邁，不拘細節，至多在特別日子不能免俗，送大紅玫瑰花。

花都被分配到其他女同事桌上。

「不帶回家？」

「已不是十六歲。」

下午，著名珠寶店送上一隻小盒子，需要簽收，並核對身份證明文件。

微微起疑，「何物？先打開一看。」

大家圍攏，盒子由職員打開。

噫，是一枚項鏈，直徑半吋，圓墜正面鑲小小藍寶石圍鑽圈。

同事說：「我見過這件飾物圖片」，她找出對證，「墜子可以打開。」

珠寶店職員微笑輕輕打開墜蓋，裏邊藏一顆心形紅寶石，鑲工精緻無比，可愛到極點。

微微輕聲說：「我不能收，請收回。」

職員一怔：「已付清款項。」

微微說：「請收回。」

同事們嘆息。

職員無奈離去。

同事查到珠寶製造商寶號，「精品，只一件，售價美元——微微，他是誰？」

微微不再回答。

這些年，別的沒有進展，裝聾作啞功夫已臻一流，帶微笑，不發一言。

那樣珍貴漂亮具心思的禮物都退回。

因為那人有着男子的至大不可原諒之處，那是自私霸道事事要他說了算。

如今想來，嫁那樣一個人有什麼益處？Zero、Nada、Nil，但，那時王微微年輕，不懂得。

那件事，別人不知道，師姐完全清楚。

同事問師姐：「那是誰？」

「一個男子。」

大家都笑，都知道不是女性。

另一人說：「一個想回頭的男子。」

「回頭這件事，可行否？」

「我想不，還是那個人，那種當初不能忍受的缺點，鑄死了的性格，還有，同樣環境，復合也救不了。」

「他若說他會改呢。」

「自欺欺人。」

「除非彼此成熟，達到諒解，寫下備忘錄，永不再犯。」

哈哈哈哈哈。

「那人頗有誠意。」

「微微怎麼想。」

她無一絲表情，像是覺得對方記性太好。

「什麼年份的往事？」

「喂，不用趕工嗎，還不快去逐個字做。」

那天晚上，趙家子在家。

他在收拾垃圾廚餘，沒人幫他，看到微微，高興之極，「一日不見，如隔三秋」，多雙手，太好。

微微並不推搪，穿上橡膠手套，取過黑色大垃圾袋，即時開工。

趙氏團隊不用即用即棄杯碟，他們講究環保，幸虧有洗碗碟機器。

趙子拖地，手法利落。

足足三袋垃圾，堆門口。

還有手足換下臭衣，都不帶走，也一併幫他們洗淨乾妥，放在玄關待取。

趙家子一邊在白板上記下靈感片段。

男子，在勤工之際，有難言美態魅力。

微微心折，故不介意為他服務。

剛以為苦幹之後會有節目，誰知他接到一通電話，要趕往地盤。

「天都快黑。」

「你也一起吧。」

不知怎地，這句話油絲般鑽進微微耳朵，比什麼音樂都動聽，她根本不知要往何處做何事，已一口答應。

車子往東埠駛出。

途中停下買些麵包果醬水果，直駛個多小時。

地盤漆黑，有工作人員提着強光燈等候。

一見趙子便笑着迎上。

趙子着微微套上生化衣褲。

這時微微發覺天邊有一彎新月照亮若干景致，漆黑荒地，風聲嗚嗚，環境奇詭，似童話背景，就差天空沒有女巫騎掃帚飛過。

微微睜大雙眼，怎麼無端端來到該處。

剛有點警惕，工作人員抬來一座機械，放微微面前。

「亮燈，亮燈！」

什麼？

趙子笑說：「王小姐，請大力按這個按鈕，一、二、三——」

微微這才明白過來，她用力按下。

地盤忽然亮起泛光燈，原來已經接通電源。

有人燃放鞭炮，大家鼓掌。

微微感動得淚盈於睫。

原來趙子讓她參與對他如此有意義的儀式。

大家歡呼：「正式啟動工程！」

大燈下看到地盤已擺着各式工程車與建築材料，啊，都是辦事之人，絕非空談算數。

趙子給微微一罐啤酒，大家吃果醬夾麵包，彷彿不打算回市區。

「我們在此過夜，我派人送你回去。」

「你們睡哪裏。」

「我們不睡，我們開會。」

微微環顧四周，本想陪趙子，不過，別添亂了。

由小師弟開吉普車送她出去。

在車子，師弟說：「趙哥叫我帶幾頂賬篷進去，我們有那種冰地釣魚翁用的隔層保暖自動充氣賬幕，十分管用。」

微微說：「那麼不妨帶一大鍋熱粥回營分着吃。」

他們到相熟粥店把人家上半夜生意連盤碗全買下。

那一晚微微睡得特別甜。

地盤重新駁回水電，不知鳥類動物可會回歸。

最重要是引回孩子們那足以拯救地球的笑聲。

微微把這些都記錄筆記本子。

所有男伴之中，最喜歡的，目前一定是趙家子。

她長嘆一聲，心態恢復到十八歲。

師姐說：「又有花送上來，這次，非同凡響。」

原來是一隻皮蛋缸，裏邊養着雪白碩大蓮花。

「怪不得古詩人頌讚蓮花。」

「辦公室快沒空間。」

「不知還有什麼搞作。」

「據説，有人追求女明星之際，叫直升機飛到她屋頂灑下玫瑰花。」

「什麼都做得出來！」

「後來呢。」

「追到手，生一子，不久分開。」

「如此浮誇，不是終身伴侶。」

「太多憧憬導致失望。」

「這道理我懂，但是，難道一開頭就甘心做一對柴米夫妻。」

師姐進來，「喂，世上除卻男歡女愛還有其他，某週刊找我們寫篇『大學文憑過剩前途並不明朗　是否應當停止盲目追求務實為上』。」

「真好笑，他子女在史丹福畢業後略遇挫折便生出如此疑問。」

「讀書當然有用，培養個人氣質，學習堅毅，鍥而不捨，還有，如何獨立自處。」

「我們這裏全部員工都有亮麗學歷。」

「你說一說，微微。」

「這不是調侃我是職業學生嗎。」

「我有一個表妹，在學校讀化學，此刻在銀行打苦工，嬸子老抱怨讀那四年花費百萬不知何用，可是一次，參觀她在某間平凡小學做志工，當場表演氫氣如何被發現為分子，嘩，她神采飛揚，化繁為簡，最後，在空中點燃氫氣泡泡，蓬一聲化為小小火球，孩子們歡呼叫好……」

「讀物理也高貴，茶几上放一本《時間簡史》，多漂亮。」

「虛榮。」

「某雜誌最近老是外判報告文字，何故。」

「我們寫得好。」

「他們大裁員，忽然節約。」

「不如寫雜誌全盛時期至漸衰。」

「微微，你寫趙家子君的舊油廠變身公園進度如何。」

驟然聽到趙家子三字，王微微雙耳燒紅。

「進行中。」

「分上中下三篇刊登如何，只怕別人捷足先登。」

「行，趕快。」

「王微微像寫字機器。」真不知是褒是貶。

她忽然說：「化學實驗室危險，時時發生爆炸。」心中已有分數。

「化學師十八世紀前只稱術士，專門教帝王點鐵為金。」

微微回到家如此寫：把污染泥土重新洗淨，那得靠化學工程師，東埠這一塊地……

從頭講起，像說書人談三國演義，話說古時希臘人認為世上只得四個元素，水、火、土、空氣……

然後訪問地質學家，分析講解煉油廠這塊地底層結構屬於哪一類，專家眉飛色舞說到雲南地洞，實屬奇景，科學家渾忘人間苦惱，真是可愛。

接着植物學家出場，他們設計中建議用少見品種像假䒶樹、彩虹雨樹、小果鐵冬青，與最漂亮榆樹，他們考慮到抗病力木質生態。

誰說大學專科無用！

寫萬字，尚未輪到趙家子。

師姐詫異，「你當是做論文，如此詳盡，讀者會不耐煩。」

「別低估讀者。」

「不過你寫得極之趣味，又圖文並茂，可作教材。」

微微不出聲。

「趙家子的角色是什麼。」

「他是總設計師，由他發現一個廢墟可改建公園。」

「他是靈魂。」

微微又不說話。

「你已愛上他。」

「尚未。」

「如此有才華男生的確值得敬慕，但實事求是，科學家，會否太過枯悶。」

「新公園有一個小山頭，叫風箏嶺，特別圍出一塊草地，供市民晚上躺着觀星，在那個方向，南半球春夏兩季，可清晰看到牛郎織女星。」

連師姐都驚嘆：「啊，如此浪漫，你還在等什麼。」

微微也不知道。

說到底，這些日子，二人並無任何親熱表示。

不免有點惆悵。

偶然機會，總算稍有突破。

作客的她敲房門。

「進來。」

一推開門，發覺他正披上襯衫，有一秒鐘時間，她看到他赤裸上半身。

微微連忙退出。

趙家子身形好得無以復加，一看就知道是名泳將，只有長期習泳的手臂肩膀與前胸才能那樣強壯圓潤，在健身室死練只製造一塊塊一團團異形。

他胸前不長汗毛，可是在臍上三兩吋之處像燃燒般濃密，這時他已把襯衫拉攏，再也看不到什麼。

他出來。

兩人一起說「不好意思」。

接着，眾人上門找隊長，其中兩個還帶女友，哄她們做清理收拾。

微微說：「我還有事先走一步。」

怎麼同小妹妹爭呢，牛仔短褲比她的內褲還短，小背心只比胸圍大一點點，長髮似馬鬃，一下拂往右，又一下撥回左邊，極度濃妝仍不掩天真，早些年，王微微也那樣，只穿人字拖鞋，甚至赤腳跑來跑去。

趙子追到門口，「剛想與你說幾句。」

「可是吩咐買晚餐。」

「她們女友會辦妥。」

「什麼話快講。」

「謝謝你支持。」

他們毋須支持已做得很妥。

「我——」

忽然之間，其中一個少女被不知什麼割破手指尖叫起來。

微微伸手摸摸趙子胸膛，轉身離去。

趙家門口有一個中年太太，笑嘻嘻說：「這位小姐，你那個單位好不熱鬧，你可是管家？」

「呵不，我只是朋友。」

「許多英俊充滿朝氣的年輕人進出，時時傳出嘻哈聲，請問，都是幹什麼工作。」

「這位太太，你為何想知？」

她嘆口氣，「小姐你有所不知，我就住對面單位，我有三個二十—廿五女兒，學歷與品貌都不錯，但是苦無對象。」

中年太太臉上有真確憂慮，她給微微看一張小照，相片中三個女孩的確長得秀麗。

微微點頭。

「可否介紹一下？」

微微只得笑，「他們開會都很忙。」

「忙些什麼呢。」

微微也不瞞她，她自背囊取出照片，「你看，是這個大工程，不知道你聽說過沒有，凡事從頭起，把廢區化為花園。」

「啊我知道，是最新市政公園，真是一群有為青年。」眼神再盼望沒有。

微微低聲說：「你約三位千金明晚七時，做幾個好菜，我讓他們到府上。」

「哎呀，謝謝——」

「我姓王，叫我微微即可。」

「他們喜歡吃哪類菜。」

「除出炸彈，什麼都吃，做自助菜吧。」

那位太太千過萬謝。

師姐知道，沒好氣，「也不怕別人看中趙家子。」

「趙家子並非我的人。」

「說你聰敏，那是沒話講，可是笨起來，又似豬一般。」

「豬是極之聰明動物，聰明的還有鳥類、海豚，貓狗更不在話下。」

「應即時在趙子耳上釘一個牌子：『王微微所有』，做得含蓄些，他不覺得痛。」

「科學家拿動物做實驗，最喜打一顆釘做記認，有時，還附設追蹤器與攝影機，你可以參考。」

微微駭笑。

約會時間到，微微把隊員帶到對門按鈴。

門一開，可愛活潑鄰居跳出招呼。

趙子不在內。

有人告訴微微：「他在地盤吸收靈感。」

微微啼笑皆非。

她已認得那條路，考慮一會，駕車往郊外。

地盤那麼大，真不知趙子在哪一角落尋找靈感。

這個晚上，抬起頭，清晰看到滿天星斗，真是奇景，不需要懂得星宿方向名稱，已覺美不勝收。抬頭看星，便知人生其實不必諸多牽掛，但是她對趙家子，仍然患得患失。

她蜷縮一角，幸虧亮着車頭燈，否則不識相蚊子更加要成群撲上。

微微嘆口氣，走吧，只要來過，已不枉此行，不是一定要見得到他，乘興而來，此刻也不算敗興而返。

她站立，忽然聽見有人輕輕説：「似此星辰非昨夜，為誰風露立中宵。」

趙家子，不知什麼時候已站在她身後。

「你怎麼來了，倒是認得路。」

該剎那，微微想哭。

他亮起特強電筒，「到風箏山，那裏看得更清楚。」

他領着她走一段小路，到達山頭，只見對岸高樓大廈仍然點燃着不夜之城，隔水朦朧，又不是那麼討厭，四周圍萬籟無聲，只剩他們二人。

這些年，諸多男友帶過微微到許多別致浪漫之處像巴黎鐵塔頂層、萊茵河船屋、愛琴海畔小白屋，但無處能同今夜相比，而飲用的，還不是香檳，不過是一瓶微溫礦泉水。

這像是在另一星球上觀星。

「將來，市民可以帶着孩子來此搭賬篷過夜。」

忘不了工作。

「你的賬篷呢。」

「在大油鼓裏邊。」

「已經清理完畢？」

「正考慮空間是擺茶座抑或搭攀登石。」

「趙子，我敬佩你。」

「不過是一股牛勁罷了。」

「今晚找你，趙子，我有話要說。」

趙子忽然捧起微微面孔，在嘴上輕吻一下，「先接吻，沒有懸念。」

微微大笑，在靜寂環境裏特別響亮。

「我就是愛上你這無憂的笑。」

微微問：「可以進一步發展否？」

「微微，你會失望。」

「有人曾經失望，不代表我也失望。」

「微微，她有正確的失望理由。」

「我不相信。」

氣氛開始凝重，微微後悔，「趙子，不必進一步發展，就像此刻，我已滿足。」

「既然開了頭，不如說清楚，她的代表律師向我提出一份紀錄，結婚近兩年，最後三百天之內，夫妻見面次數，只有三日。」

微微一怔，「你在外地。」

「不，本市。」

「你與何人在一起。」

「你見過的那班隊員。」

電光石火間微微明白過來，趙子並非身上有何隱疾，也不是愛吵鬧紛亂，他是沒有時間。

「我當時的外遇，是你見過那座天橋公園，律師勸我平和分手，因為我實在愧欠妻子。」

微微呆住。

「你想一想，我認識你以來，見過你幾次，每次又有多少時候，我不可思議地為工作吸引，從此以後，我更會日以繼夜逗留地盤，有時三日才淋浴更衣，你若說受得了，或許高估自身。」

微微不出聲。

「我確實喜歡你，但還不夠，不足以叫我改變自己，但又多過讓你委屈，我也着實矛盾，而女子的時間，實在經不起蹉跎。」

不愧是一級科學人員，把感情分析得如此清晰，他的語氣與聲調有着真實的煩惱苦楚。

微微抱着他的肩膀，輕輕說：「我每週來陪你如何？」

「廿四小時都有工作人員一起。」

「那是一點辦法也沒有了？工程完畢又如何。」

「起碼二十個月，星埠已在接洽我們前往勘察。」

「星埠是著名花園城市，還需要花草樹木？」

趙家子不出聲。

「你已初步應允。」

趙子點頭。

他不需要貼身女友，他心胸容不下她。

他說：「我送你回去。」

「我自己開車。」

「這是禮貌。」

微微不需要禮數，她只想糊裏糊塗尋找慰藉。

在感情路上，她性愚魯，有股牛勁，相信她會找到幸福，不顧一切向前走，跌倒爬起，滿身傷痕，差一步殺身成仁，形容襤褸，仍不願放棄。

今日她深覺為難。

「天快亮，看完日出才走。」

微微忽然堅決，「那是與極之親愛的人共同觀賞的美景，你我尚未到那個地步。」

這時，幾輛摩托車呼嘯而至，工作人員前來報到。

微微道別。

師弟看着她背影，「趙子，那是王小姐嗎，你必須善待她，那樣品貌兼優的都市女子已不多見。」

趙子伸手一推，師弟跌倒泥地中哇哇叫。

回到家中，筋疲力盡，機械式洗頭淋浴，彷彿再世為人。

示愛失敗，是天底下最痛苦的事之一。

她對時間已失去固定概念，只覺累，盹一會，喝一杯湯，看電視新聞，世界各國正選舉統領，彼此責罵他國干涉竊秘……

看着她又睡着，夢中忐忑不安，一直想去衛生間，但都又髒又臭又濕，同這社會相差無幾。

不公道不公道！她大嚷。

電話嗚嗚響，師姐找她，「你人在何方，在幹什麼，請到辦公室一趟。」

微微連忙刷牙。

門鈴響，以為是清潔女工，門一打開，再關已經來不及，她一嘴白泡，甚不雅觀。

站在門口的他說：「你可以關上門，我一會再來。」

「我可以報警告你纏擾。」

「微微，凡事留一線。」

「我不想見你。」

「你仍然生氣。」

微微用力推上門，還好，他來得及縮手，但是一束玫瑰花夾得稀爛，花瓣紛亂落下，像歲月。

微微嘆口氣。

果然，找上門來。

她取過外套出門，看見他坐在樓梯間。

「孫懷祖，你走遠些！」

他這樣回答：「總算還記得我名字。」

微微很後悔開了口，真不該說任何一個字。

「微微，對不起，沒想到你那麼討厭我，我消失就是。」

她飛奔出街叫計程車。

到達公司，發覺原來是兩名市政廳園林設計處工作人員到訪。

「王小姐，你的報告第一輯寫得太好，有助敝處宣傳——」但是，官僚無法避免，他們園林處自己擁有宣傳部，有關稿件希望先由他們過目云云。

微微鎮定答：「不行。」

他們尷尬：「可是——」

師姐說：「送客。」

「我們將限制閣下消息來源。」

師姐不耐煩，「你們私下打算做啥，你是否慶祝結婚百年紀念，均與本社無關。」

他們無奈離去。

「真奇怪，難道沒聽過世上沒有壞的宣傳這句話。」

同事說：「有時對自由撰稿身份真有些厭倦，總有人神經過敏，對號入座，又被得罪了，口出惡言，時間久了，吃不消。」

「管它呢。」

「會收律師信否？」

「連他律師信也刊登出來。」

態度非強硬不可，而且要一直到底，衣帶漸寬終不悔。

微微交上第二節稿件。

「弄清楚趙子為何被棄沒有。」

微微點頭。

師姐驚喜：「說來聽聽。」

「他沒有時間。」

師姐吱一聲笑，「上天公平，世上每人每天都擁有廿四小時，你的意思是，他不願把時間放在女子身上。」

啊，這便是智慧，萬事洞悉清明如鏡。

「我尚不配用他的時間。」

「這就是了，不必失望，從頭來過。」

微微苦笑，「多謝指教。」

「記住，微微，這篇特寫，勢必要完成。」

「明白。」

師姐見微微臉色灰黯，不由得嘆口氣。

年輕之際，曾有男友在大考之際，半夜三更，攝氏零下二十度，乘搭八小時公路車來見她一面，各人對運用時間精力的選擇不一樣。

微微離開辦公室之際聽見接待員不知多遺憾地說：「那人不再送花來。」

微微真想告訴他們，收那些花，都得付出十分昂貴代價，是一個年輕女子的時間與情懷。

不要也罷。

這時有人叫她，「微微。」

花不到，人又到。

她轉過身子，臉上全是不悅，竟然找到辦公廳，這可是公眾地方。

意料之外，看到卻是趙子。

微微詫異說：「你怎麼出山來。」

他十分歉意，「市政人員前來騷擾？」

微微看着他，還是公事重要。

這人，三天不見，把頭髮剪成平頭，濃茸茸。像某種刷子，十分有趣，一臉鬍髭渣，如此心急趕來解釋，她在他心中還是有些地位，抑或，他對朋友一向真誠。

「沒事。」

「他們一貫一統宣傳，不能破例，公園開幕之後，歡迎你寫個夠。」

「這麼說來，你與他們站同一陣線。」

「我根本是市政人員。」

「明白，不會再寫。」

他似鬆口氣。

微微說：「沒想到一支筆叫你煩惱。」

「不，微微——」

「不必多講，我還有事。」

「微微——」

微微懊惱，不想再說，已經轉身。

不料聽見另一人暴喝：「叫你走，你就走，還歪纏幹什麼！」

微微一怔，這才是孫懷祖。

她連忙抬高聲音，「這是人家辦公室，請勿喧嘩。」

趙子冷問：「你是誰？」

「你又是誰？」

接待員緊張興奮地站出櫃枱，「別吵別吵，千萬別打架。」

微微啼笑皆非，這個接待員唯恐天下不亂。

兩個男生都異常高大，微微連忙站到兩人當中，感覺他們像兩座頑石。

「有話進去說。」

「微微叫你走，你沒聽見？」

「你是微微什麼人？」

「兩位，兩位請稍安毋躁。」

師姐聞訊怱怱趕出意欲調停，高鞋不知叫什麼絆一下，失卻平衡，向前摔，兩位男士本能出手救人，三人肢體接觸。

接待員大叫：「打起來了，打起來了！」

結果連微微在內全跌在地上，師姐雪雪呼痛，同事連忙扶起各人，一時亂成一片。

趙家子嘆氣，對微微說：「我無意添亂，我先走一步。」

微微擦破手踭，氣說：「都走，快走。」

管理員趕到，「可需要報警？」

兩個高大男子離去，大家都靜下。

師姐動氣，「還不快回到崗位。」

微微說：「都是我不好，我引咎辭職。」

「此刻不是追究責任的時候，都進辦公室再說。」

同事一哄而散。

兩個男子卻在大廈門口一起站着等車，要多尷尬就多尷尬。

兩人佯裝看不到對方，可是久久不見空計程車。

其中一人先走近，「我叫孫懷祖，是微微朋友。」伸出手。

趙家子見他如此大方，只得回答：「我是趙家子，也是微微朋友。」

「剛才我們可不是打架——」

「絕對不是，只是關心微微。」

「說得好，說得好。」

兩人都鬆口氣，互相打量，怎麼看，對方都不是猥瑣男子，兩人都一表人才，怎麼會上演鬧劇？都因為那位女士的高鞋礙事。

趙家子忽然說：「我有相熟的酒館，可要喝一杯？」

「是否附近的光明小館。」

「唷，你也是熟客。」

一笑泯恩仇。

走進酒館，小二大聲歡迎，「兩位，好久不見，都是忙工作吧，沒想到你們是朋友。」

孫與趙都腼腆地笑。

小二當然記得他們愛喝什麼，即時斟上。

酒館不乏女客，看到兩個英軒男子獨坐，沒有女伴，紛紛湊上搭訕。

兩男均無興趣，這一切，都看在小二眼內。

小二搖頭。

這兩位也太重視工作了一點，他知道有些年輕男子，連喝啤酒零錢都沒

有，要求掛賬，可是專門向女子摸手摸腳，什麼打算也無，只圖一時之快，奇是奇在女性也不在乎，雙方毫無誠意，快活再說。

唉，小二嘆息。

一口氣才吁出，有人進酒館，一看，竟是王微微小姐。

喔唷，小二頭痛，這可怎麼辦。

「小二，你面如土色，快給我一杯大冰威士忌。」

一轉頭，看到趙子與孫懷祖二人低頭全神貫注密斟，根本沒留意到其他人其他事。

微微看得發獃。

她脫口問小二：「他們談些什麼。」

「我也不懂，好像是說新研發一種鋼材，全球只有四個國家有該種技能，它負重倍數等於螞蟻揹起一隻大象，十分驚人。」

微微沒好氣，真是王八與綠豆對上了，她記得孫某是加州理工機械工程高材生，趙子是皇家學院高材生，二人可不愁沒話題。

他們越坐越近，就差手臂沒搭上對方肩膀，不打不相識，酒逢知己千杯少。

小二說，「我過去說你來了。」

「不用。」

「王小姐，你總得有些女人脾氣。」

微微喝完酒，「再見。」

「王小姐，可要替他們結賬。」

「結你的頭。」

從頭到尾，兩男竟不覺王微微來過又離去。

微微不忿，把這兩名棄男的事蹟寫出。

同事們笑炸了肺。

師姐卻憂心，「微微你同時失去他們二人。」

「沒什麼好遺憾。」

「四十歲時想法又不一樣。」

「師姐，你把四十歲說得太可怕。」

「微微，別寫報告文字了，既難做又不討好，對方又不一定欣賞，老是覺得作者利用他們當題材，不如獨立創作小說，這些年來，你也見過社會不少光怪陸離之事，不少人物造型已在你腦中，寫起來一定得心應手。」

「可是，空手寫玄妙的事，怎麼抓拿？」

「伸出手，往空氣裏撈獲。」

「這比老子倒騎牛還玄。」

「已有不少人做到，凡事起頭難，聽說電視台編劇先起大綱……」

「電視劇本不一樣，最終有演員把對白說出，導演安排劇情推進。」

「說難不難，說易不易。」

「是要有些天份的吧。」

「世上真有天才嗎？」

「研發化學元素表的曼德列夫。」

「他可也畢生鑽研試驗。」

助手進來說：「一位趙先生找王小姐，他是送花人嗎？」

王微微答：「我不在。」

有同事叫她：「微微，我們一起去看維也納手提木偶劇綵排。」

「我不好藝術。」

「別謙虛了，師姐說過，凡是世界頂尖的東西，不論是什麼，不管懂不懂，音樂好，美術建築也好，運動、科學……都值得一觀。」

把微微拉着走。

綵排，往往最值得欣賞。

「劇目是什麼？」

「羅密歐與茱麗葉。」

微微想逃，被她們一左一右按住坐好。

排的是樓台會。

那木偶栩栩如生，四肢動作溫婉淒美，攝人心魄，雖無表情，卻有如泣如訴感覺，伴柴可夫斯基小提琴配樂，更天衣無縫。

並無說白，但茱麗葉張開雙臂，像在說：羅密歐，羅密歐，你為何偏是羅密歐，王微微淚盈於睫。

為什麼如此感動。

因為自古至今，世上並無任何男女不顧一切不負責任一生只為感情存活，因而產生自憐：為什麼不能像茱麗葉脫離骯髒煩瑣世俗，要犧牲便犧牲。

幕落，眾女觀眾抽噎得不能抑止。

微微眼睛鼻子通紅。

活人還不如木偶，人類已進化到已經成精，嘲笑感情，畏懼感情。

劇目經理走出說：「還有一台茱麗葉在墓穴中戲——」

大家都受不了，「改天再欣賞。」

「沒想到各位感受如此深刻。」

「我們的評論將會是：你以為你已練成鐵石心腸了嗎？不要輕視此劇。」

微微問：「可否見一下茱麗葉。」

只見木偶技術員帶出木偶，約半人高，極端精緻，衣飾考究，飄逸如仙，她朝微微鞠躬，雙手掩胸。

微微伸手，作擁抱狀。

木偶輕輕走近，抱着微微手臂。

微微淚如泉下。

同事拉開她倆，茱麗葉退下。

從劇院出來，大家都說：「真感動得無話可說。」

「木偶師傅技巧無話可說。」

「他黑衣黑頭罩，不辨男女。」

「啊，是歌者非歌，那般俗套故事竟可重新演繹。」

「快趁感覺新鮮回去寫劇評。」

可是微微無法集中精神，她這樣寫：「今午，本來不想看木偶戲，終於出席，意外驚喜叫我震驚得說不出話，怎麼可能，明明是死物，卻傳遞出如怨如慕，如泣如訴的情感，賺觀眾熱淚，劇目是羅密歐與茱麗葉，與時光一樣久遠故事，莎翁改編自堅斯汀與依蘇蒂，不知上演過多少次，由多少最優秀演員鼎力演出，但卻以此劇最為淒涼，可能是因為茱麗葉不發一言，還有什麼話可說呢，可憐不能自主的女性，與木偶一樣，一生在精巧花園內躑躅……」

然後，她的筆鋒轉彎：「不可以如此世世代代走下去，必須掙扎，爭取真正自主生活，五百年過去，有幸生活在先進都會，教育、職位、前程、感情均靠自身能力爭取，打開門窗，奮力出走，啊，終於來到現實世界。

「看到光怪陸離，豺狼虎豹，牛鬼蛇神，社會上忽然多出整批自投羅網羔羊，大叫一直由男性主導社會高興。

「為求平起平坐，同工同酬，不負社會所望，拼死命在荊棘路走得皮破血流，喲，我們本來不都是可愛天真的茱麗葉嗎，回不去了，全變成男人一樣，老皮老肉活着，受傷，將明槍暗箭割出，親自動手用針線縫合，穿好衣衫，誰也看不出，沉着臉照樣做人，再也沒有真實音容，只按本子辦事，因為害怕被騙、上當、遺棄、傷心，步步為營，再也不想行差踏錯：多久沒對任何人訴衷情了？」

師姐讀着原稿，「這不是劇評，微微，重寫。」

微微怔住。

「顧左右言他，指桑罵槐，言語偏激，這是一篇雜文，替你開個雜文專欄吧。」

什麼。

「報告文字得中肯。」

「對我來說，這就很中肯。」

「寫新聞更不能有任何私人意見，前幾天我對同事說：是一隻狗，不是狗狗，一叫狗狗，擺明是親暱愛狗人士，失卻持平，還有，是老婦，不是婆婆，記者必須客觀中立。」

微微先是睜大雙眼，接着氣餒，「原來我不會寫稿。」

「小說、與非小說類必須用兩種筆法，小說純屬虛構，但也不能假設人類會同時出現在兩個地方。」

「明天我就寫科幻。」

「微微，你的小姐脾氣叫人吃不消。」

「我告假一個月，不想動筆。」

師姐看着她，「真是，王小姐，文壇沒有你還不行呢，是什麼把你吃得這麼大，前些時印度鬧洋葱荒，都由你收購回來天天吃，口氣才如此可怕。」

師姐很少如此譏諷人，可見也真的動氣。

微微低頭，「對不起。」

「把意見寫完，我看看能拿到什麼地方刊登。」

微微低聲下氣，坐到電腦前端打字。

同事稱讚：「微微你纖指輕撫字鍵，如彈琴姿勢美妙。」

姿勢好有什麼用，文字曼妙嗎。

她繼續寫：忽然想念「誰道閒情拋棄久，每到春來，惆悵還似舊」的女性生活，並非沒有出息，而是實在太累。

師姐搖頭，「寫得像夢囈。」

至少不做作。

某報副刊編輯讀後，驚為天人，「人長得好看否？」

「先談稿酬。」

「一星期三篇稿，每篇三百字，每字一元，請勿脱稿。」

「不行，最討厭一欄共同泡浴制，一星期七篇，否則不寫。」

「我想想。」

「不行，立刻決定。」

「上次那『男人為何被棄』專題真妙。」

「不必顧左右言他。」

「試寫期三十天。」

微微卻沒有興趣。

「太像寫日記。」

「日記只得你自己看。」

「我想把前些時候開了頭的文字結束再說。」

「可是我把話說重了。」

「沒事。」

今日女子都有工作，不能放肆。

她進入酒館。

「小二，上酒。」

那晚下雨，越下越大，傾盆而下。

微微走到門口觀雨，嘩啦嘩啦，像說「惆悵舊歡如夢」，車子就在不遠之處，她也不急撲過去取車。

雨水打在地上起泡，順着路面流入坑溝，氣溫忽然降低幾度，頗有涼意。

微微抱着自己雙肩。

忽然有人把一件外衣搭在她肩上，一看，噫，是店小二，他站在櫃枱後是一個樣子，站街上又另外一個樣子，差點認不出來，他比在店裏高二三吋。

「謝謝。」

「王小姐好興致看雨。」

微微答：「我算是你七年老顧客，自開業就光顧，老朋友了，我是微微。」

他微笑。

「可以叫你劉昭否。」

「王小姐知我名字。」

「你的執照與品酒師證書掛在當眼之處。」

「王小姐好眼力。」

「我是半個記者呢。」

小二那不徐不疾略為低沉聲線相當動聽，微微不介意與他說幾句。

「生意相當好呢。」

「托賴。」

「小二，你回店裏去吧，還得忙客人吧。」

「已經打烊。」

「這麼晚了！」

可不已經凌晨，微微朝小二擺擺手，走向停車處。

小二打傘一直遮到她上車。

她把外衣還給他，「小二，勞駕你了。」

他點點頭。

回家，更衣沐浴，用電毯子捲着看電視新聞，不知怎地，一雙手總是冰冷。

天濛亮，有人敲門，「微微，微微。」

是趙子的聲音。

微微套上大毛衣去開門。

果然是他，一身髒，有氣味，平頭長長，像刺猬，一臉鬍髭渣，他脫下長靴放門外，「來看你」，分明自工地回轉。

「有無熱清酒。」

微微只得為他燙米酒。

她都快開設酒吧了。

趙家子累倒在地上。

微微不忍，「你來幹什麼。」

「想念你，來看你。」

「有這麼好。」

「每次累到極點，只要想起你的容顏，便重振精神。」

微微有點感動，原以為這種説白經已失傳，沒想到趙子願意誠實説出。

「在這裏洗個澡睡一覺吧。」

「不可失禮，我回自己寓所清潔。」

微微點頭。

他一邊喝酒暖身一邊問：「微，我們尚有機會否？」

「聽其自然吧。」

「你語氣有點無奈。」

為彼此都有保留而遺憾。

「呵對，那個孫懷祖，他有學識，真知灼見，幫我組提出許多寶貴意見。」

微微又點頭。

縱使分手，也希望他是一個堂堂正正，見得光的人，不，不是女方面子問題，互不拖累，才是最佳結局。

「孫懷祖仍然愛你。」

「別理他。」

「你們為何分手？」

輪到趙子問她這些。

「你有六個小時嗎，我慢慢說你聽。」

再轉身，他已經睡着。

據說大禹治水，三過家門而不入。

微微蹲他身前仔細看他。

這人，曬得整個面孔都是雀斑，特別稚氣，也三十歲了吧，因不修邊幅，不見老，衣褲都磨得發白起毛，許多層，全部黑白灰，腳上跑鞋都快穿底，襪子像箸菜。

趙子五官端正，一管鼻子筆直高挺，有說男子面相看鼻子，那趙家遺傳的確好。

微微喜歡他較為豐滿的嘴唇，看上去糯糯，接觸時也糯糯。

男友長得漂亮是種享受，每早起來，那樣好看的臉容歡迎她，生活多滿足。

她坐在一旁看英譯《易經》，她擁有十多個版本，每本都有閱覽，挑最簡易的看，居然也略有所得，洋人有個好處，一直以化繁為簡為己任，《易經》，原來是兩千年前的百科全書，其中以占卜一章至為神妙。

才讀兩行，趙家子驚醒：「叫我？馬上來。」

做夢了，夢的不是伊人，而是工程。

他不好意思，伸個懶腰，「我回去梳洗，不然快長出寄生蟲。」

微微調侃他，「有空再來。」

他倆擁抱一下。

趙家子說：「講，你與孫懷祖一早就完結了。」

微微笑，「去趕工吧。」

當然一早完結。

在什麼時候覺得與這個人不可為？

快要訂婚，已物色鑽戒，在珠寶店裏，他看了數十枚設計都不喜歡，微微聽見兩名店員嘀咕：「又不是他戴」，另一個說：「但，是他付錢」。

微微快刀斬亂麻，挑一枚最傳統的五爪鑲法，戴上手指，「任務完成。」

他還皺眉，「寶石太小。」

已被微微拉出店門。

那隻指環，後來，當然還了給他。

他把它穿在項鏈上，一直戴頸項。

微微悄悄張望過，還在那裏。

之後，孫懷祖變本加厲，開始公然聽她電話錄音，還不恥下問：「這周先生是什麼人，講了十分鐘，你與父母只說分半鐘……」

微微震驚。

她相信人與人之間必須保持距離，父母子女兄弟，夫妻伴侶朋友，全部要擁有私隱，都不可以隨時不經預約前來敲門，冒昧致電，或在街上拉住說個不休。

她提醒孫氏，「那是我的電話，為何查看。」

他愉快回答：「因為現在也是我的電話了。」

不，不，她想解釋。

「你還有什麼不明白？將來有了子女，你的孩子也就是我的孩子。」

微微震驚，她從來沒考慮過這一點，不！父是父，母是母，子女是子女，完全獨立個體。

這並非公司合併，不可混為一談。

還未來得及詳細分析夫妻關係，孫懷祖批評她的衣飾：「微微，你穿學生服的確瀟灑好看，但，暑假早已過去，轉個裝好不好——」

微微叫他坐好，嚴肅地說：「我穿什麼，由我決定。」

「別的女子總會尊重男方意見。」

「我不是那種女子。」

「為如此小事逆我意，值得嗎。」

「不是小事，你干涉我自主。」

「我不能發表任何意見？」

「一個男人，不知有多少事要做，你是專業人員，不必花時間精力在我的外表上，任何女子都可以化艷妝穿華服，要注意她的精神是否豐足。」

「一件衣裳而已，你給我聽大道理？」

「你還是不明白，需要點破已經沒有意思，當初你看中我什麼？」

當初，也不過半年之前。

老孫頓足，「竟為這種小事齟齬！」

微微已有分手之意。

她把事情告訴師姐。

師姐沉吟一會，「我幫不到你，你太剛強。」

「一次他提到，生兩子一女最理想，他兄嫂有四個孩子，都是男生，十分遺憾云云。他有問過我嗎，這個家不止他一人。」

「他也許興奮過度。」

「我不喜歡孩子，長到三歲便開始忤逆。」

「你的世界也好像只有你一人。」

「姐，感情要互相磨合遷就便沒意思，以前那些童養媳沒法子，我不會那樣做。」

「可惜。」

「我也不是不知可惜，但，實在不能勉強。」

剛巧那天那時孫懷祖到辦公室接她，即刻問：「說什麼那麼起勁？」

微微看師姐一眼。

「是講我嗎，那個盯着你看的男同事有什麼事？」

師姐也看微微一眼。

「喂，你倆眉來眼去幹什麼，快告訴我。」

師姐說：「孫先生，你彷彿需要許多解釋。」

她有點明白。

接着一段日子，老孫真面目完全顯露，在超市這種公眾地方他都管王微微：「不能買蛋糕，吃多少胖多少，最近報章新聞說牛隻染瘋牛症，不能吃牛，蔬菜沙律不衛生，還有，香腸含鹽量太高，喂喂喂，你在看什麼？動物內臟，萬萬不可。」

幾乎買什麼反對什麼，一定要微微退回。

微微丟下空籃子回家。

二人之間已無對白，她說什麼，他反對什麼，這叫對話？

真可惜，那麼漂亮有才華的男子，卻那麼絮碎，微微不得不捨棄他。

嚕囌，是男子的大罪，終於被棄。

終於，趁他出差往英，她與他斷卻音訊，他到處找她，她為免浪費時間，給他一個快訊：「我們分手吧，我倆並無前途。」

孫懷祖臉色發白趕回。

一開口便説：「天氣這麼涼，為什麼不加穿大衣？」

進入公寓，看到玄關堆着垃圾袋，「我教你丟垃圾，你太不衛生。」

微微看着他。

他坐下問：「為什麼分手？你開玩笑可是，十多小時長途飛機，我還得趕回開會。」

微微臉色凝重。

「你認識了別人！」

微微搖頭，「我想認清前面道路。」

「你是愛我的，說，說愛我。」

微微答：「讓我靜一靜。」

他生氣，忽然把公寓裏微微儲藏的糖果全部取出踩爛，伸長手，像是要打人，終於忍住，只大聲叫：「你太令我失望，我沒有時間與你鬧！」

他開門離去。

微微即時搬家改電話號碼並且獨自到歐洲遊玩。

對不起，老孫，實在合不來。

稍後，師姐告訴她：「幸虧分了手，打探到他曾把前女友推倒地上撞出血，還往死裏踢，女友入院，只是不願提出控訴。」

「這是不正確的，她放棄提控，會造成另一女子傷害，他幾乎就要掌摑我。」

「我問過心理醫生，有些人，無論男女，都有強烈控制欲。」

微微說：「你好似身受其害。」

「家母便是那樣的人，她其實是名文盲，堅持死後需土葬才能順利上天堂，祭出血咒：若不，化為厲鬼，詛咒子女七世。」

「我的天，結果你們害怕了。」

「怕？並不，不過做得到，便盡量做。」

「照說，遺體如何處置，根本不重要，老人不過要在死後仍然控制下一代。」

「你有無想過要控制什麼人。」

「我連指揮自己都不成功，每天不願起床。」

「不用後悔分手。」

微微並無後悔。

孫懷祖呢，她深覺詫異，他不知有何計算。

辦公室花卉終於謝掉丟卻。

王母娘的短訊：「許久不見，請回來吃飯說話。」

微微內疚，「明晚七時如何，想吃東坡肉。」

「不見不散。」

王母相當有幽默感，算一算，已不見女兒個多月，看外國警匪電視劇，往往有以下情節：警察上門，報知噩耗，並問：「太太你上次見女兒是什麼時候」，可悲？不，是事實。

微微終於亮相，帶着許多水果鮮花。

王母說：「怎麼像客人一般。」上下左右打量女兒一番，「瘦了。」

微微竟想不出會話題目。

半晌她問：「身子還好否。」

王爸笑：「千萬別提這種無趣話題，老年人身子當然一日比一日差，器官效能日漸衰退，往往叫自身失望難過，說來無益，有事自然會找醫生，說別的。」

微微難受，「爸——」

「工作如何。」

「老樣子，文稿頗受歡迎，托賴。」

「女兒，這是一份不能升級的職位，沒有前途，你有學位，不如轉職。」

王母連忙阻止，「你這老頭，哪壺不開提哪壺，女兒把工作當興趣，有何不可，我最怕看到女子削尖頭皮到處亂鑽。」

「不提不提。」

那說什麼好呢。

「可有對象？」

「又是一個不受歡迎題目，有了她自然會說。」

微微乾笑，「不如由父母作媒。」

「我想想，上回沈太太說兒子的女友都似來自盤絲洞，哈哈哈。」

微微只吃一點點。

「你陪爸下棋。」

「我都忘了，我休息一會。」

誰知一碰到自己小床，不知不覺就睡着。

夢見一個人站在床頭仔細端詳她。

「你是誰」，微微問。

她但笑不語。

啊，是王微微，是她自己，正確地説，是中年王微微，仍然苗條，臉上帶傲氣，但五官已經鬆弛。

喲，王微微已經中年，那麼，王爸與王母呢。

她大叫：「媽媽，媽媽。」

王母進房：「怎麼了？」

她忽然抱着王母大哭。

早晚會失去他們，但為什麼，母女之間見面無話可説。

「怎麼了，受什麼委屈，工作不好做大不了不做，是男朋友的緣故嗎？」

「我做噩夢，老虎追我。」

「咄，何來老虎，都快絕種。」

洗把臉，王微微告辭。

那隻吊睛白額猛虎，叫「荒廢的時間」，追她，要債。

她去到光明酒館，才發覺人家已經打烊。

她沒有敲門，門自動打開。

小二出來，「微微，請進，喝杯咖啡。」

「我又來晚了。」

「不晚不晚。」

他即時動手做蒸餾咖啡。

酒館只開着一盞燈，幽暗，他在燈下做賬，不一會斟出咖啡，他看到微微背他坐着，穿一件白襯衫，衫上釘有亮片，不照圖案，也不是很多，只是偶然，在該處那處，燈光照到，有一粒閃光，一共只得三五顆，像人的眼淚未乾。

今夜，她特別寂寥。

也不説話，喝完咖啡，疲倦站起。

「你那兩個朋友呢。」

「呵，」微微答：「這上下應該私奔結婚去了。」

小二實在忍不住笑，但又怕唐突，側轉面孔，甚為尷尬。

就在此時，有人推開酒吧門。

「我們已經打烊。」

「可以討杯水喝嗎？」

女子聲音説話，一旁是幼兒哭泣聲。

微微喧賓奪主，揚聲：「進來。」

一個少婦抱着孩子怯怯進入。

他們衣衫襤褸，神態疲倦，啊，微微想，真有許多人比她更慘。

小二連忙說：「請坐。」

他連忙斟兩杯牛奶，再加一件甜點。

少婦鞠躬，「好心先生，多謝，但是，我們沒有錢。」

小二溫和回答：「不要緊。」

小孩喝到奶，已經止哭。

母子二人分享糕點。

小二在櫃枱後做兩客三文治，放進紙袋，示意微微給她們，微微再取兩包果汁。

她把食物輕輕放桌上。

「謝謝。」

那孩子大概已經哭了一會，累了，盹着，靠母親身上。

她站起，悄悄離去，來去都似影子，沒佔世上真正位置。

小二輕輕說：「是羅馬尼人。」

「本市有吉卜賽？」

「本市，什麼都有。」

「真沒想到，她們母子，這下子去何處。」

小二收拾桌子，發覺桌子餐具杯碟已全部不見，這是他們本色，忽然之間，悲劇意味減到最低，微微仰面哈哈大笑。

小二跌足，「櫃枱上小費盒子也失蹤。」

「是我讓她進來，我賠你。」

小二也笑。

「手腳真快。」

「收到大裙子裏，佩服佩服。」

「真該打烊了。」

「我送你。」

微微仍然拒絕。

小二也不勉強。

回家，她寫段雜文，「不必擔心她會到何處，也許，她只是當夜更，下班有家人等她，白天出動的，是她姐妹。」

也是一份工作。

那晚，還發現一件事：小二是個好人，明知是怎麼一回事，仍然行善，而她，王微微，愚魯一如從前。

這時，東埠花園第一期建設已經完成，市政廳工程部宣傳組特別找到王小姐，叮囑：「我們打算下星期日發簡單宣傳稿，歡迎王小姐作詳盡介紹。」

微微答：「我已無興趣。」

「請王小姐先參閱圖片。」

「我不看。」

對方覺得她賭氣如一個孩子，忍不住微笑，「趙先生要讓王小姐先過目呢，已傳到你處。」

微微只得閱覽。

啊，已經有點規模了。

至少，污地已變淨土，開始種植草料、樹木、花卉，工程算是快捷，值得褒獎。

還有模擬圖片，分別指出涼亭、小食處、遊戲空間，還有，觀星站在什麼地方。

微微有點感動。

幾座油塔之間，還有繩橋，可供較大膽孩子搖晃走過。

比他上一個天橋花園設計還要有趣別致。

內文還介紹：「趙先生已答允往內地西河區為攀山涉水往鄉村學校學童設計棧道。」

能夠認識趙家子真是榮幸，不過，他不是適當伴侶。

她還是幫趙家子寫了詳盡第一期報告，一向不用官家圖片的她自己拍攝，神采飛揚地示意有何種設施，特別註明，樂園自我供給水電。

師姐說：「南美阿泰卡馬天文設備工作人員也長年累月難見家人，那處沙漠只有他們，任何設施用品都需運去。」

「還有一處，是維也納呂迅區的地底隧道，建築十年，就是用來撞擊原子叫物理學家終於發現『上帝分子』那座，工作人員不見天日。」

「是什麼叫這些人如此專注做一件事。」

「那諾貝爾呢，研究炸藥，他兄弟伊米與他合作，爆炸受傷致命。」

「我們就是缺少這種死勁。」

「慶幸沒有。」

「本市倒有不少人拼死宣傳推廣自身，其實行不通，就像開店單靠親友幫襯，範圍太窄，做不成生意。」

同事進來問：「我們準備做一個題目：『子女自小當精英培育，行得通

否』。」

師姐哈哈大笑，「請問誰培育金庸寫小說。」

「那，大學總得畢業吧。」

「希望讀書的人，總有辦法讀得成，家父晚年喜歡同人説：兩個小的在英國，他可未曾花過半個便士，也未曾為子女填過一頁表格。」

「那，該怎麼辦。」

「量力而為，千萬不要勉強，切忌當掉身家供子女讀書，你想想，兩個孩子若在英學費住宿，每月那真以十萬計，長年累月，做我們這一行，如何負擔，弄得急躁煩惱，日日愁錢，不久，全世界是敵人，那又何苦。」

「我們決定把讀者分兩派……」她計劃去了。

「題目已有許多人做過，必須有新意。」

「你呢，微微，你時有真知灼見。」

微微答：「沒有子女，沒有煩惱。」

微微也想做出貢獻。

她問小二：「你，你會希祈子女中狀元嗎？」

「唷，這問題有點私人，你呢。」

微微答：「我只喜歡不勞而獲，要我吃苦才能得到一樣東西，我情願不要。」

「生活呢，生活也頗吃苦。」

「除出活下去，譬如説，沒有工作，沒有收入，那總得苦幹。」

「我的想法也相同。」

微微喜悦，「當真？」

「我毋須討好迎合你。」

「那你怎麼看子女教育。」

「我在加國長大，在街口一間官小畢業，老師帶我們走過一條小小石子路，指着説：『那就是你們的中學，讀完之後，可進大學』，就那樣，我完成大業。

「那多舒服。」

「啊，也不見得，中學生只得25%合資格進大學，大學生只有15%可在四年內畢業，然後，到處找工作，一年蹉跎，以後就難說。」

「辛苦。」

「我讀農科，在校研究變種不生銹蘋果，獲獎，成品爽脆甜，有口皆碑，結果做酒吧。」

微微也賠笑。

噫，可以做一個「學非所用」報告。

「我有個表兄讀建築，六年畢了業，此刻做演員。」

與小二説話有趣，毫無顧忌目的。

「小二，説真的，你結過婚沒有。」

他搖頭。

「也沒有子女？」

「我比較老派。」

「平日可寂寞？」

「每日十多小時在酒吧度過。」

「看盡千奇百怪眾生相吧。」

他頷首。

「有何感觸。」

「人各有志。」

微微笑得彎腰。

都說，邪神最看不得人類高興。

一日，在辦公室，微微正開會做下半年工作程序，接到一通電話。

助手把她喚出：「王小姐，王老先生在家中風，已送往靈糧醫院，請你速去與王太太會合。」

微微站着不出聲。

師姐說：「我陪你一起。」

師姐拉着她坐公司車趕往醫院。

一路上微微不發一言。

中風，不是心臟血管栓塞所致嗎。

「微微，振作。」

微微眼神空洞。

「靈糧是一級醫院，他們一定盡力。」

微微忽然想到，靈糧醫院收費也是一級。

這時也顧不得了，進醫院看到母親，一把抱住不出聲，母親軀體又僵又小，躲在女兒懷中，像一個無助幼兒。

師姐與助手見到主診醫生，詳盡打聽王父病況。

醫生溫和鎮定，「我姓曾，王老先生需做搭橋手術，他已簽字允可，你們不必太過緊張，本院幾乎每天都做心臟手術，病人存活機會率甚高，你們若慌惶，直接影響到病人情緒，王老先生被安排在下午一時做手術，請隨我進病房與他説幾句話。」

微微聽到輕微嗒嗒聲音，這是什麼聲響？原來是王母牙齒上下顫碰。

微微握住母親的手，「不怕，我在這裏。」

這句話一講，自己都覺得好笑，她有什麼用？會得單手推開死神嗎，平時只懂吃喝玩樂，什麼哪個國家生產的凱斯咪品質最高之類，一旦大難臨頭，魂不附體。

看到王父，他睜着雙眼，精神尚可，但整臉凹塌。

「爸。」微微把他手放到臉邊。

「你來了，為何打擾同事們？」

師姐微笑，「都自己人一樣。」

助手説：「我去買咖啡，老伯可是已經禁食？」

王老點頭，示意女兒走近説話。

「微微，你的男友呢，好來見家長了。」

微微急，「我沒有男友。」

「為父不相信，數年來你拖拉着不承認，快叫他來，我有話説。」

師姐給助手使一個眼色，「快去叫人。」

助手怔住。

曾醫生覺得好笑。

師姐與他走到病房外，曾醫生説：「找一個男同事來亮相安慰老人即可。」

這醫生聰明。

助手回報：「師姐，趙家子與孫懷祖兩人結伴往華西視察地盤，三天之內回不來。」

「這兩個傢伙！一聲不響走得影蹤全無。」

「他們辦公室說已發電郵給王小姐。」

王微微這時也走出，不知怎地，沒看到清潔工人迎面走來，碰一聲撞上墮地。

師姐嚇一大跳，連忙去扶，只見微微躺在地上一動不動，像是不想爬起。一看，鼻子流血，臉頰撞瘀，這還不止，一直發獃的她忽然哇一聲哭出，哇哇哇，放大聲音張大嘴號哭。

醫生連忙拉起她，「王小姐，這樣大聲，會嚇到其他人。」

師姐人急生智，脫下外套，丟到微微頭上蒙住，像綁架似把她拉到走廊。

微微在大衣下痛哭。

「住聲，不許再哭，不要嚇人，看着我，沒事，堅強點，為母親挺住！」

她大力拍打微微面孔，微微半邊面孔打腫。

看護走近，「別打，別打。」

她讓微微坐下，替她用冰水敷臉，檢查傷處。

正忙亂間，有人走近，一看，是店小二，他帶着伙計趕到。

助手說：「師姐，小二願意效勞。」

小二微笑，「義不容辭。」

微微看着他發獃，小二？

他帶來的伙計放下一壺咖啡，斟出分發，還有甜糕及三文治攞出。

其他的病人家屬也已苦不堪言筋疲力盡，怯怯問：「可以吃一點嗎？」

伙計說：「請便，請便。」

曾醫生問：「男朋友來了沒有？」

小二連忙舉手。

「隨我進來，王小姐，你站遠些，你臉上有傷，別嚇着老人。」

微微垂下頭自慚，真是走到哪裏都替人添亂。

只見小二大大方方，鎮靜和祥走入。

他輕輕說：「王先生，我叫劉昭，是微微朋友。」

王母連忙走近端詳這個男朋友。

兩老看到他整潔有禮，已經放下一半心，小二身上白襯衫深藍西服，叫人歡喜。

王老先生輕輕說：「你要對微微好。」

小二專注答：「明白。」

「你做哪一行，籍貫何處，今年幾歲，認識微微多久，家裏還有什麼人？」

師姐與助手都怔住，沒想到病人精神這麼好。

可是，難不倒小二，他不徐不疾答：「我未婚，無不良嗜好，做小生意，父母在加拿大，本來早應上門拜訪王先生與王太太，請見諒。」

王先生接着說：「小女貌寢，性愚魯，你要多多包涵。」

醫生按住他，笑說：「要準備做手術了。」

貌寢，性愚魯。

雖不中，亦不遠矣。

師姐說：「助手，你護送王太太回家休息，微微與小二留下等候消息，我得回辦公室。」

微微這時才小小聲對小二說：「你也得回酒吧。」

「我是閒人，我沒問題。」

他們送王老進手術室。

王老微微笑，像是見過女兒的男朋友，死可瞑目的樣子，只叫微微更加痛心。

微微堅持守望。

大堂那隻大鐘兩支指針好似凝固不動，微微也坐着不動。

幼時當然與父親相親相愛，她叫他 Ba Ba，在屋裏爸爸都抱着她四處走，在大學時期開始生分，他不喜女兒無目的讀文科，終於話不投機，變得十分客氣，像普通朋友一般，這是微微唯一避免爭鬥的方式。

早知，什麼都依從老父，讀文科有什麼好，讀理科又有什麼不好，明日就去大學報名讀量子物理。

她掩臉哭泣。

後邊有人拍她背脊，「來，補充水份。」

微微知道是小二，「你回去工作吧。」

「不忙，酒吧自動運作。」

「真不好意思，把你拉伕。」

「日後可妥善報答，今日不忙道謝。」

「謝謝你，小二。」

小二輕拍她背脊，如安慰孩童。

他想叫她分心，這樣說：「第一次見你，你與那位孫先生一起，你喜歡威士忌，他替你換了橘子汁，我便知不妥。」

他目光尖銳。

「酒吧那許多女客，為何偏偏注意我。」

「你頭頂有晶光。」

「呵小二，你真是好人，為我解憂。」

「後來，孫先生去了外地，只你一個人，但神情輕鬆得多，不過，許多漂亮男子約會，你卻心不在焉。」

「你都看到。」

是，六七年來，王微微的喜怒哀樂、沮喪、失意、頹廢，他都看個十足十，從來沒有像她那樣感情豐富又毫無保留的女子，確是可愛，但需高度保養。

他只是一個小生意人，庸俗、錙銖必計，目光如豆，他的天地不會比他的舖位大許多……不，不是自卑，但各就各位，他們的環境背景完全南轅北轍，走不到一起，也無謂勉強。

但他對她好感一日比一日深，她對她那待遇菲薄工作熱忱，待朋友真誠，還有，對世事天真，都叫他欣賞。

自王微微推開酒吧進來那天，他心情特別歡暢。

他這個店小二當然知道發生了什麼事。

又小二這名字從何而來？

一日，大家說到水滸傳關鍵人物，王小姐說：「各章各節都有一個店小二，是重要角色，不如，逐個列出，可做一篇論文。」

大家笑，「我們也有小二。」

微微揚聲：「小二，取三斤白切牛肉，兩壺好酒來。」

「你學誰的口吻？」

「花和尚魯智深。」

小二這綽號從此定下。

最接近王小姐一次，是她喝醉，嘔吐大作，損友躲避，小二司空見慣，親身服侍，幫她清潔，事後，王小姐根本不記得誰打救了她，朋友提醒，她才送上禮物道謝。

那禮物，是一枚愛馬仕馬蹄形K金領帶夾子，他自此天天佩戴。

一日，忘記放何處，急得一頭汗。

直到今日。

應邀充當她男朋友。

原來有人陪着說笑是這麼溫馨。

又等半晌，微微靠着小二肩膀盹着。

不一會，王母也到了，看到他這男朋友，有點安慰，還陪着，可見有點真心。

小二有禮招呼。

王母問：「手術進行得怎樣？」

看護剛巧出來，「一切順利，正在縫合。」

大家放下心。

王母看着女兒男朋友，輕輕問：「你乳名叫小二？」

小二不好意思，唯唯諾諾。

「真喜歡我們微微，就不要拖太多。」

「是，是。」

「王爸已說得清楚，多包涵微微些。」

「是，是。」

王母又擔心，「你可擁有物業？」

「有一間店面，兼樓上自住單位。」

王母吁一口氣，「真難得，今日年輕人，不知儲蓄為何物。」

小二微笑，這是實情。

「微微也有家裏給的自住公寓。」

「是，是。」

「你看她，真睡得熟。」

小二說句公道話：「她哭很久，又累又擔心。」

醫生出來，「我只得兩個字：休養休養還是休養，再也不得操心。」

他們站起，「謝謝曾醫生。」

「可以見病人否。」

「尚未甦醒，稍候。」

醫生也累，擺擺手走開。

小二這時說：「我得回去處理一些事。」

微微說：「你快走。」

小二一走開，王母便說：「這小劉打算幾時求婚。」

微微不回答。

「你也回去梳洗吧，太憔悴了。」

「我再守一會。」

王母揚手，「雖是上一代，我也是讀過書的人，明白女兒有她自己的日子要過。」

微微不出聲。

「一會你爸甦醒，陪我往銀行打本票給醫院。」

這一輩老人真得照顧自己到終點，再也不能倚賴子女。

王微微垂頭。

母女終於見到王老。

他已能說話：「終於活轉來了。」

微微在他耳邊輕問：「可有見到天上榮光。」

他遺憾，「沒有，完全失去知覺，似熟睡一般。」

微微回答：「那麼，回家與妻女團聚吧。」

「小二呢。」

「他需工作。」

回到家，王老只覺恍如隔世，沒想到能活着回轉，只覺幸運，忽然自憐，嚷着要吃粥，幸虧小二已派人到王宅做廚房工作。

王先生雪雪呼痛，一邊輕聲說：「小二人不錯。」

王母也輕輕回答：「可惜是生意人，士農工商，商人把物資轉手謀利，實則什麼也沒做，華裔不喜商賈。」

「不能這樣苛刻，微微已經老大，且又做份虛無飄渺工作，我知她喜歡科學家，但是宇宙有兩個大黑洞相撞，與凡人生活有何關係，小二腳踏實地，懂得照顧人，謙和有禮，我喜歡他。」

「他做什麼生意？」

「聽說開一間酒吧。」

「什麼?!」

「據說是時髦正經生意。」

「——你女婿做什麼？開酒吧，嘿！」

「老頭，想開點，一出院就為面子糾結。」

這些話，微微都聽見。

既然活着，就得為瑣事煩惱，她高興父母恢復常態，本想搬回家小住，看樣子不必多事，她同母親說幾句，告別。

「有空帶小二來吃飯。」

似急急把女兒推銷掉。

也是為她好，說什麼有個人照顧。

趙家子的手足找她：「王小姐，趙子明天回來，他着我知會你，那邊缺乏電訊設備，未能親自問候。」

還記得她。

微微卻幾乎已經忘記這個人。

感情需要灌溉，最重要養份是時間。

隔一日，小二派工作人員到王宅臥室及衛生間裝設扶手之類工具，實用之至。

微微前去道謝。

「舉手之勞。」

「我就想不到。」眼睛都紅了。

「酒吧裏也有該類設施。」

如此體貼，真像可以與之過一生一世的人。

站在她面前的店小二彷彿又長高二三吋。

伙計把一箱箱酒抬入，請他過去點算。

這時的小二穿着藍布大圍裙，走近金睛火眼數各種酒類，一手叉腰，另一手檢視，認真、嚴肅、專業。

他的助手說：「若干客人要求添增東洋小食。」

「他們希望吃到什麼？」

「拉麵。」

「越普通食物越難做。」

「這個道理大家都明白。」

「不簡單，需要聘用日廚，要做，得有水準。」

「明白，我去做計劃書。」

小酒吧經營到這樣，已經不容易。

各行各業，都是一種學問，均得誠心誠意，費全力做，士農工商，人人如此。

趙家子終於回轉。

他一雙鐵鞋都幾乎踏破，一身卡其老布服處處破洞，真似吃過苦來，他與微微談到見聞，最着重一句是「但貧鄉孩子們快樂，真叫人三思」。

「孫懷祖回來沒有？」

「他可偉大了，與村長策劃太陽能發電，嘿！」

微微發呆。

看來多年前不停教誨王微微小姐的力量終於納入正軌，不愧是一級科學家。

「他留下來了？」

「微微，那村長是個年輕女子，在英國學習電機工程回鄉建設，有一組朝氣勃勃好伙伴，對老孫言聽計從，他樂不思蜀，暫時都不會回到城市。」

微微恍然若失地替老孫高興。

「微微，聽說伯父抱恙，我想探訪，同時介紹自己。」

微微緩緩答：「他已出院休養，不必勞駕。」

趙子並不傻，他明顯覺得王小姐神情冷淡得多。

「微微，我逼不得已忽略你。」

「逼不得已是一種選擇。」

「你不原諒我。」

「我沒有資格原諒誰。」

「你們女人最好男伴廿四小時貼身服務，然後，又怪男伴沒出息。」

微微竟然心平氣和回答：「你說得不錯，回去梳洗吧，你似自敘利亞戰場回返。」

她去打開大門。

「微微——」

「休息好再說話。」

風塵僕僕的客人被她逐走。

趙子又成為被棄男子？不，不，他與高貴為大眾服務的工作結為一體，十分幸福，社會需要他這種晶光燦爛的有為青年，忘我努力奉獻社會。

王微微也有她的用途，她的蚊型功用，自有地位，毋須自卑。

回到辦公室，同事們聚在一角看熱鬧，不知發生什麼事。

「快聽師姐接受訪問。」

哈，記者接受記者訪問，有趣。

來做訪問的是一年輕男子，問題相當辣，「貴社專題多數針對男女關係，何故？」

大家屏息等待師姐答案。

她不徐不疾答曰：「還有第三種人類嗎。」

大家笑得翻倒。

男記者忿忿：「題材都針對男性，文字刻薄不公，你們仇恨男性嗎？」

「你看你的問題多尖刻，彼此彼此。」

大伙又笑。

「這位先生，先喝熱茶，再提問未遲。」

「貴社發出文字，教人分手、離婚、索取贍養費，並且鼓吹復合無意思，何故？」

「女性到了今日，應有理智選擇，你有女友嗎，你有姐妹的話，問一問她們，為什麼要自苦海爬出，重新做人。」

微微忽然鼓掌。

男記者生氣：「你們簡直是一班娘子軍。」

師姐面不改容：「上世紀初婦女爭取投票權，就似一隊義勇軍，犧牲性命在所不惜。」

男記者怪叫：「有無這樣嚴重。」

「有選擇才有自由。」

「那麼，你們贊成墮胎？」

「先生，離了題了。」

「會有人娶你們這班女人嗎？」

「先生，這個部門，除出王微微與另一位，都已結婚生子。」

王微微舉手。

男記者這才看到後排王小姐皎白小臉，發獃。

「這次訪問失敗。」

王微微說：「你雖得不到期望中答案，但可把我們過去一年做過的題目列出，也許可證實我們是否仇男幫，然後，記一下，我們怎麼為難你。」

「哈哈哈哈。」

男記者臉都紅了。

「送客。」

他悻悻然，「走着瞧，我也是記者。」

微微忍着笑勸：「冤冤相報何時了，說穿了不外是討厭女性入行，霸佔職位，且做得出色，漸漸升為社長、總編、主任，言行舉止都叫你等反感，最好統統退到廚房，恢復舊觀。不可能啦，你去計算大學理科新生，女性早已比男性多，將來，水喉匠也會有女性入行，你不高興嗎，你希望回到封建回教國女性上街得蒙住全身？」

男記者呆視王微微。

「你利牙尖齒。」

「不敢當，回去好好想一想。」

「難道你對男性毫無尊重？」

「非也，我尊重家父，以及我的男性朋友。」

「王小姐，我想與你詳談。」

「我沒有空餘時間，你，不要再針對女性，你的母親妻子女兒，都是女子，妥善照顧女子，切莫鞋甩襪脫，還要歧視女性，專門挑她們私生活彈劾。」

被微微教訓得一臉灰。

「我們想做一個題目：世界至美男性民族服飾，這也算歧視男性？」

升降機打開門，微微把他推入。

回到辦公室，微微說：「阿拉伯男性傳統服最美。」

女同事接上：「我認為是華裔男子鑲毛裏長袍。」

「投票選舉。」

雖然如此熱鬧，微微內心還是虛空。

可能真的太要強挑剔，才一次又一次失望。

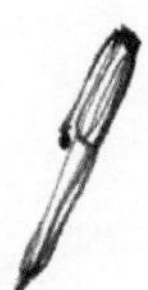

走進酒館。

「小二，我們這幫女子，有看不起男性嗎？」

「可以寬容些。」

「喂！」

「有些人，不論男女，的確叫人看低。」

「真婉轉。」

「在日本，百分之四十適齡男性，未婚。」

「我本身是否難相處？」

小二神色轉為溫柔：「那好比吃榴槤，喜歡的人當掉紗籠來吃，不合口味的叫救命。」

「謝謝，小二的意見最精妙。」

才怪，小二笑。

「趙先生來過。」

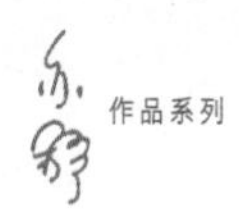

「是，他回來了，至於孫懷祖，他找到理想。」

「那多好，你們都是志向在青雲的人。」

「且慢，我步步腳踏實地。」

「你會做菜嗎？」

「水蒸蛋、蛋炒蝦仁、荷包蛋、番茄炒蛋、蛤蜊燉蛋、芙蓉蛋……」

「了不起。」

「你少調侃我。」

「為什麼男人不服女人？」

「也許他們要養家，百物騰貴，孩子們又嚮往留學，實在吃力。女性來搶掉飯碗，左思右想，十分反感。」

「那是有些人虛榮，非出國不可嗎。」

「同儕壓力，每個孩子一年留學費用百萬。」

「太誇張了，難怪要四出軋頭寸，每個月超支，那可怎麼維持，但急痛攻心，也不能遷怒他人。」

「你想研究該種畸現狀。」

「訪問各負擔留學生家長。」

第二天，那個男記者的師姐訪問在該報網頁出現，一開頭就說：「離過兩次婚的四十七歲巴辣中婦——」

微微怒道：「我同此人沒完沒了。」

「我們不是流氓。」

「真是，沒有力氣沒有勢力，手無縛雞之力，最近忙得有出的氣沒進的氣，怎麼打仗。」

師姐說：「說得不錯，我的確兩次婚姻失敗，並且性格爽辣。」

「關他什麼事！」

「他們特別關注女子的私隱及裙底。」

「這個人性無能，故如此煩囂。」

「微微，我不希望你如此降格。」

「那該怎麼做？」

「什麼都不做，只管功課：去把五大洲各公立及私立大學及食宿費用列出，並計算這班未來社會棟樑年薪起點若干，去，去，手爽些。」

微微問：「你真的不介意。」

師姐回說：「介意呀，十七歲起，便有叔伯叫別家女兒小心，不要與我這種野孩子做朋友，習慣了。」

「永不！」

「微微，去喝一杯，睡一覺，沒事。」

人，就是如此上酒癮。

名牌服裝牌子送春裝上來拍照，女同事一哄而上，「微微，快來，這套男式西服最適合你」，「別叫微微挑西服，裙子更美」。

春天了嗎，微微茫然，整個冬季去了何處。

「服裝可是送給我們？」

「可打六折。」

「六折已經夠好。」

難怪那男記者振振有辭，女子，有時實在淺薄，唉。

寫時裝專輯的同事說：「這隻平平無奇手袋售價七萬元！」

週日小酒館也一般熱鬧，有人生日，開許多支香檳，「在場者人人有份」，

微微一向喜歡粉紅克魯格香檳，連忙取過杯子，一飲而盡。

小二看見，不說「你不用趕稿」，只點頭「你來了」。

他就是這樣好。

「有什麼精品送香檳？」

「對面店家一級魚生。」

「為什麼鬧哄哄。」

「男女主角請來紋身師傅，把對方名字紋手臂。」

「唷。」一定會後悔。

小二微笑，像是看懂微微想法。

微微提醒小二：「誰道閒情拋棄久，每到春來，惆悵還似舊……花前常病酒，不辭鏡裏朱顏瘦……」

小二控制不住笑出聲。

微微忽然伸手擰他臉頰，「你敢揶揄我。」

小二雪雪呼痛。

這是打情罵俏嗎。

就在此際，酒吧門推開，帶起一陣冷風。

一個黑衣黑帽斗的人緩緩走近。

他沉聲說：「陳大文，出來！」竟是個女子。

那陳大文正捲起袖子紋身，聞聲問：「誰找我？」

電光石火間，黑衣人自衣襟內抽出一柄明晃晃牛肉利刀，「不相干的人走開！」

大伙嚇得呆住，都是出來玩見過世面的人，立時三刻，奔向後門溜走，那紋身師傅連器具都丟下。

那陳大文想走，說時遲那時快，已被牛肉刀架在脖子。

微微不知什麼地方來的勇氣，箭步向前論理，「小姐，請放下刀子。」

「你是誰？」聲音極為苦澀。

「我不認識他，也不認識你，小姐，但這樣做不對，快放下刀。」

「他欺騙我，羞辱我，丟棄我。」

「小姐，這麼講，他對你來說，是死人一個，你何苦在死人身上押下大好年華，錦繡前途。」

黑衣女子喉嚨發出沙啞嗚嗚聲，像隻重傷痛極野獸。

「小姐，划不來啊，想想你父母兄弟姐妹朋友同事，還有我這陌生人，還有今季美麗春裝。」

這時，小二已經藏身櫃枱後報警。

伙計們不想蹚渾水，全部遁走，酒吧只剩四人。

那女子一揚刀，在陳大文脖子劃了一條口子，鮮血緩緩沁出。

微微説：「不要頑抗，放下刀，大步踏出，又是一條好漢。」

説罷王微微竟然伸出手臂硬奪黑衣女手上利器。女子大叫，揮舞刀柄，小二跳出，把女子推跌地下，壓住。

這時，警車嗚嗚叫煞停酒吧門外，警察奔入。

伙計們又紛紛聚攏，指手劃腳，爭相報告。

有女警看到王微微手臂流血，「小姐，你受傷。」

微微連忙掩住，「沒事。」

「快上救護車。」

兇手被扣上手銬，她披散頭髮垂頭不語，這樣半人半鬼也看出從前是個標致女兒。她被押上警車。

小二已無力說辯，把酒吧內錄影紀錄交給警方，跟微微入院急救。

微微這才覺得痛。

小二頓足，「微微，你這冒失——」

警察說：「你們真是好市民，但是警方不鼓勵市民見義勇為，太危險啦。」

走進急症室，有熟人說：「咦，王小姐，你受傷？」

一看，是心臟科曾醫生。

他對看護說：「我來檢查。」

紗布拆開，見是一道四五吋長口子，皮開肉爛，血沁不止，小二一看，彷彿自家中刀，一口氣上不來，胸部像被一隻大手抓住，眼前一黑，昏倒在地。

看護連忙把他拖到另外一邊。

曾醫生看到傷口，「啊，沒傷到血管筋骨，不幸中大幸，我幫你縫針。」

一邊做一邊問：「令尊好嗎？」

「很好，謝謝，只是比從前嚕嗦，恃寵生驕。」

一下子做妥。

「看護會陪你取藥，我還有事，但希望知道是什麼導致受傷。」

「稍遲我會向你匯報。」

「保重。」

微微過去探訪小二。

他躺在黝暗床位，微微走近，蹲下，伏在他身邊。

病床角落，只得他們二人。

其實世界再大，也只不過是兩個人相互愛護要緊。

她握着小二的手，放臉頰邊，無限感慨。

這個好人真沒話說。

有人啪一聲開亮燈。

是看護，「你不是已經醒了嗎，好回家了。」

微微忍不住笑。

小二漲紅面孔。

他先送微微回公寓。

這時，他一顆心才落實。

「你回酒吧收拾殘局吧。」

「有伙計，不怕。我陪你過這個晚上。」

他以她為重。

他看着她吃藥，伙計送牛肉湯上來。

同伙計說兩句：「沒事，今晚早休息，明天照常營業。」

微微喝兩口湯，累極倒床上，襯衫全是血跡，臉上髒髒，像打完架頑童。

小二用熱毛巾替她敷臉，除下毛巾，她已經盹着。

半夜做噩夢，「滾開，滾開」地叫，不知心恨誰。

小二鬆口氣，也累極入睡。

他先醒覺，發覺握着微微手臂，面孔依偎她手上，早知如此，睡久一點。

他輕輕走開，用電話問助手：「酒吧怎麼了，伙計們全體無恙？」

「沒事，已經找專門清潔人員清除血漬等物，裝修無太大損壞，男女雙方事主各派律師懇請賠償，並願親自登門道歉，對王小姐受傷一事尤感歉意，請王小姐開出條件，盡可能合作。」

「既有今日，何必當初。」

「若非王小姐見義勇為，挺身而出，會發生悲劇。」

「王微微手臂傷痕，縫了十二針。」

「奇是奇在雙方都不像壞人，紋身師傅説，只紋了頭一個英文字，那新女朋友嚇得與他斷絕來往，要服鎮靜劑。」

事後聽着像説笑話般。

「人客紛紛要求我們快快開門營業。」

「那就即刻好了。」

「你走得開便來看看。」

小二掛上電話，回房看微微。

只見她坐在床邊，受傷那隻手不住顫抖，五指伸不開，她嗚嗚聲落淚。

小二這一驚非同小可，「立刻入院檢查，不怕，不怕！」

他找來外衣罩住微微，心慌意亂，一轉身撞到茶几，嘭一聲，他跪在地上。

忽然，微微雙手扶住，他一看，兩隻手均活動自如，十隻手指根本無事，他忽然明白，這是王小姐搗蛋淘氣。

他氣忿，不言語，索性坐倒地上，不知怎地，他也落淚，七歲之後，記憶中沒有哭過的他今日明白什麼叫心不由主，他別轉頭。

微微自身後擁抱他，「別氣，別氣，我不知你會這樣緊張。」

微微面孔靠住他背脊，他全身酥軟。

兩人都不說話。

半晌，微微放開他，「你可是要回店看視。」

他靜靜離去，發覺步伐不穩。

先到店舖，三兩熟客站門外，見到他鬆口氣，「劉某，快開門，我們不怕，你也別怕。」

小二感動。

助手前來開門，客人一哄而入。

酒吧燈光比平時稍亮，一點也看不到傷痕，有什麼人要是看不開死了，那真是白死。

助手連忙開香檳，「本店請客。」

小二發覺身上血衣還沒換，急急上樓梳洗。

他把衣衫輕輕摺好，用軟紙包起，放進盒子，盒子放櫥頂珍藏。

呆半晌，才沐浴更衣。

再進酒吧，發覺已經客滿，有些客人站着喝，原來他們發短訊號召友人前來。

小二感動得不得了。

他走出門外透氣，看見王微微背着他看雨景。

聽見腳步轉過頭笑，「你也被擠出來？站位都沒有，生意做到這樣，佩服。」

小二漸漸鎮靜，「托賴。」

「小二，你是朋友之中唯一有產業有積蓄有計劃的一個，其餘的，像小妹我，除出一份工作，兩手空空，身後蕭條。」

小二嚇一跳，「你工作頗有成績。」

「半吊子，不知何日方能成名，讀者只彷彿聽過這個名字，卻已經努力半生，最慘的是，只是想寫得比較完整，還未敢圖名利。」

小二微笑，「你有青雲志，自然比較辛苦，自古小商人庸碌因循之餘，反而舒坦。」

那麼會説話，天生圓滑。

「小二，給我斟杯威士忌加大塊冰。」

「我有一瓶皇家敬禮——」

「莊尼走路黑牌已經很好。」

「即刻到。」

雨漸漸急。

微微私底下，叫這種雨為「惆悵舊歡如夢」。

「王小姐。」

微微嚇一跳，只見身後站着一個陌生瘦削年輕女子，「我們認識嗎。」

「王小姐，我叫張肖梅，你是我救命恩人。」

唷，微微退後一步，是這名兇徒。

她容貌憔悴，但比初次見面好得多，至少像一個人樣子，五官沒有扭曲，手上沒握利刃。

微微忍不住摸一摸手臂傷口。

女子深深一鞠躬，「對不起，王小姐，我錯了。」

「沒事，決心改過就好。」

「王小姐，傷了你，我寢食不安，求你饒恕。」

「抬起頭，好好做人，向前走，別回頭。」

張小姐淚流滿面，「王小姐，你真是好人。」

「那有你說的那麼好。」

「我能作出什麼補償。」

微微想一想，「替我捐五萬元到宣明會。」

「明白，即刻去做。」

她再一個鞠躬，「家母想與王小姐吃飯。」

微微連忙舉起雙手，「不必客氣。」

這時小二回轉，見微微緊張，連忙擋在她身前，「這位小姐是什麼人。」

張小姐點頭，「祝你倆永遠幸福快樂。」

她轉身離去。

小二還不放心，「誰？」

「你也不認得她了。」

「啊，是她。」

「沒事了。」

「但願如此。」

下午回到辦公室，大家都圍住看微微傷口。

「幾時拆線？」

「下星期一。」

「找個整形醫生磨一磨疤痕。」

「有什麼新聞？」

「微微，那座東埠公園工程已七七八八，差不多完工，請記者去看過，大家都讚嘆不已，有口皆碑，各種設施與環境結合，天衣無縫，不做作、自然、輕鬆，費用全免，處處為孩子們設想，以趙家子帶頭的工作隊員真是人才。」

趙家子。

這名字有點生疏。

「微微，你應該把終結篇也寫出，以你獨到眼光，落筆一定更加細膩。」

微微答：「師姐不是把功課交給你了嗎？」

「那我放膽狗尾續貂。」

「哈哈哈，」微微忽然又恢復笑聲：「太虛偽啦。」

同事也笑。

趙家子……

微微回家次數比從前頻密。

她想到一個辦法，帶着功課回家做，她管她忙，父母坐一角自家話家常，那就不大吃力。

父母問起小二：「多見面可增加瞭解。」

微微笑：「你們要瞭解他做什麼。」

王父説：「我的病都是你氣的。」

「沒這種事，別冤枉我。」

心裏，到底有點歉意，有時，請小二接她，進屋喝杯茶，多聊幾句。

他們很客套。

私底下王母説：「開酒吧，不都是江湖中人嗎。」

「江湖即社會，人人是江湖一分子。」

「我不大放心。」

「他們又未必談到婚事，快放開懷抱，過早擔心，於健康有礙。」

「你彷彿看開了。」

「我們微微小時多可愛，兩三歲時，每天傍晚，端張小櫈子，坐在門口等爸爸下班回家撲上。」

「那時，爸媽真是她生命中最重要人物。」

「後來，就長大了。」

「那時只知家有幼兒，非好好活着不可，成績表帶回家，十科A，真比中獎還高興。」

「微微現在也很爭氣。」

「下次問她可考慮到大學任教。」

「資歷彷彿不夠。」

「這算什麼制度，今日年輕人，除出讀書，什麼都不會，除出一份工作，什麼都沒有。」

那邊，師姐找王微微，「有人找你，請到辦公室。」

這人一定頗為重要，微微迅速出門。

小二知道後追問：「沒說是誰？我來陪你。」

自從該次之後，他為微微安全擔心。

「不怕，公司人多勢眾。」

「酒吧也多人，還不都逃還來不及。」

「不能怪他們。」

回到公司，師姐迎出，「我陪你。」

「是誰？」

小會議室一個年輕男子迎上，「王小姐，很感激你見我們，我是陳大文的律師。」

誰是陳大文？

「我。」小小聲音。

另一年輕人自角落站立。

啊，這個人，微微臉上忍不住露出厭惡之意，他就是那個差些被前女友

張肖梅砍死的無情男。

微微冷冷說：「什麼事。」

那姓陳的男子向王微微道歉：「多謝王小姐沒提出控訴，多謝王小姐救我賤命。」

師姐忍不住轉過頭苦笑。

萬幸都清醒過來。

「請坐。」

「小小禮物，代表誠意，請王小姐收下，我才可以睡得着。」

他的律師遞上一隻扁長盒子，打開，是一隻男裝白金蠔式鑽錶，真巧，正是微微一向喜歡又略覺誇張不捨得買的東西，律師說：「男裝，適合王小姐英姿。」

師姐把盒蓋合上，「太名貴，我們都是文人，不喜歡炫耀。」

微微不語。

師姐代言，最好不過。

「那，請問我的當事人該怎辦。」

那陳大文先生面如死灰。

微微吁口氣，「請代我捐——」

師姐接上「十萬元給微笑行動，聽過這個慈善機構否。」

「行，行，立刻遵囑。」

師姐說：「你們可以走了，喂，把禮物帶走。」

「禮物由陳老先生所贈，若收回，必受斥責。」

「收回去。」

陳大文只得答：「是，是。」

師姐說：「恕我多嘴，陳先生，男女自由戀愛，許多時都無疾而終，另結新歡，也十分平常，只是可否顧及另一方感受，做得低調一些，凡事，留一條線，以後好見面，何需興高采烈大肆慶功令對方難堪到下不了台。」

「是是是。」

終於把禮物帶走。

師姐說：「男女雙方都是好出身。」

「一口濁氣上湧……」

「請來看社會對東埠新兒童公園的諸般讚美。」

——裝置藝術新用途！由各名家設計的迷宮、多門走廊、滑繩、高塔……既能觀賞，又可供兒童進出添增智力動力，妙不可言。

「多門走廊如人生縮影，門上寫：助人、利己、升學、就業，每扇門都導向不一樣道路，十分刁鑽，奇是奇在盡為自身，但並不傷人也能有成功因素，只不過，沒有朋友，刻劃社會真相。」

記者們讚不絕口，「還有極具教育意義的領養植物計劃，給花果樹木一個名字，只付出一元，便可瞭解它需要何種照料……」

還沒正式啟幕，已經人潮湧湧。

「風箏山上有小型天文台！每當天文奇景像日食出現，開放參觀時間每晚九至十時，亦可在指導下自由觀星。」

「什麼也不做最好，光躺草地上聊天，公園有驅蚊器，真周到。」

微微笑。

她也想去。

「開幕日我們有請帖。」

「那趙家子應親自來請。」

「你別弄錯，那些花不是他送的。」

「那個人呢？」

「據說在內地忙得不亦樂乎。」

「辦公室靜下來。」

「恰恰才走了兩位俊男。」

「微微為什麼像攝石？」

「因為她素直。」

微微沒聽到，她走出門。

有一位中年女士攔住，親切笑瞇瞇，「王小姐。」

微微一怔。

不怕，原來小二在門口等她，「這位太太有什麼事？」看來小二顧忌不是沒有原因。

「我東家陳老先生想與王小姐說幾句話。」

司機打開停在門前的黑色大車門，一位老先生蹣跚下車。

小二不禁伸手去扶。

司機比他快捷。

老先生相當年邁，似近八十。

微微不忍，「我們上車說話。」

那輛大車兩排座位對坐，像小客廳似。

陳老先生微笑，「大文是我不肖子。」

「唷，陳先生，你接着說。」

「這隻手錶，已經刻了字，不能退回，此刻劉先生也在正好，我也為劉先生準備一枚。」

「這——」

「劉先生同我均是生意人，明白我意思。」

老先生取出手錶，替小二戴上，「當然不及我誠意萬分之一，那忤逆兒，真為我減壽。」

小二與微微都不知怎麼說。

錶底真刻有字樣：「致王微微，陳家感恩」，以及日期。

出到老人家，微微自動戴上腕錶。

「聽說店舖已重新啟市。」

小二點頭。

「那我們就安心了。」

微微笑說：「該下車啦。」

「傷口還痛嗎？」

微微答：「沒事，星期一拆線。」

他們下車。

大黑車開走。

微微問：「陳家做什麼生意。」

「鐘錶珠寶。」

「怪不得。」

微微把鑽錶脫下交小二，「這是掩口費。」

「也可說是謝禮。」

兩人苦笑。

一生一世，不望有第二次。

往醫院報到，出來的不是曾醫生，是年輕女子。

「我代曾醫生，我姓陸。」

她把名片給微微，原來是極有名氣的矯形醫生。

打開紗布，她倒抽一口涼氣，「縫得這麼粗，一定要重做，我會找曾醫生算賬。」

「不，不，我不重做。」

「阿曾專縫頭皮，粗些不要緊，病人拾回一條命已經很高興，可是王小姐你赴宴要穿無袖衣裙，這樣一條人肉拉鏈有礙觀瞻。」

「痛——」

「阿曾沒替你上夠麻藥？」

「事後痛得肌肉抖動。」

「我會替你種一粒自動釋放鎮痛劑。」

「我——」

「王小姐，你好可愛，是我唯一認識不愛美怕痛女子。」

她立刻安排重做手術。

微微忽然明白，「是陳老先生請你來的吧。」

醫生微笑。

微微問看護：「曾醫生呢。」

看護欲語還休。

手術很快做好，臂上貼有一隻透明黏貼，內置止痛劑。

「縫線會自動融化，你不必前來拆線，有事即刻給我電話。」

「明白。」

「我保證事後完全看不出傷痕。」

微微忽然問：「心呢，可否借醫生你妙手把破碎的心也縫一下。」

醫生居然一本正經回答：「心，無能為力，不過，心臟有自我癒合功能，但是一定要給它時間。」

「謝謝金石良言。」

微微與陸醫生道別。

那看護輕輕拉微微衣袖。

「王小姐，有一事請你幫忙。」

「何事？」

「曾醫生把自己關在儲物室內已一日一夜不肯出來，我組甚為擔心。」

什麼？

「已有多位同事在門外苦勸，他仍不能釋然，拒絕回應。」

微微瞠目。

「他的一個六歲病人週六手術失敗，在手術床上失救，他不能釋然，抱頭痛哭，躲入儲物室反鎖，不肯出來。」

微微怔住。

「外邊還有手術等着他，如此失常，院長要是知道，會予以處分，是，

醫生也是人，可是有時必須是鐵人，王小姐，也許，你可以勸他幾句。」

啊，有人比王微微更慘。

「帶我去，希望有效。」

看護帶王微微到儲物室門外，又給她大杯熱可可。

微微坐下，預備說十五分鐘。

「曾醫生，我是王微微，記得嗎，家父由你成功做手術重生，嗯，這可可好喝，喂，你也該口渴肚餓了吧，關在裏頭，如何上衛生間？真替你擔憂。」

說的都是事實，微微並不講什麼大義。

她見不遠之處有人吃點心，對看護說：「給我兩隻甜圈餅。」

她接着說：「一位陸醫生替我重新縫針，她鬼斧神工，道具與手工都勝你，我知道矯形手術與腦科同樣複雜，可是為什麼他們的經費比你們充足，想必是收費更貴。」

這時有看護走近，「要取儀器，是一副兒童用插喉工具。」
微微敲門，「請開門。」
儲物室門這時咚一聲開啟，門外看護鬆口氣，進房。
微微叫他。
他萎靡走出，看到微微對牢他笑，兩手各握一隻甜餅，嘴角沾着糖粉，可愛到不行。
她說：「好了好了，沒事沒事。」
他似看到救星似，微微擁抱他，讓他坐下，大力拍他肩膀。
他的同事走近看視。
微微趁機溜走。
回到家，手臂雖然不痛，但整個人有不尋常愉快感覺，這是止痛劑效應，一百個病人中有二十二人會上癮。
小二看着重做疤痕，一臉心痛，卻說不出口，對着微微，特別腼腆。

有中介送高級日本威士忌給小二品嘗。

他說：「有王小姐這位高手在，讓她喝一杯。」

微微說：「我不過是基本客，我沒什麼要求。」

中介笑說：「最高檔酒客只要求知己在座。」

說得真好。

中介說：「隔壁舖位搬空出售，可有意思買下？千金難買相連屋。」

小二沉吟。

「要是新屋主也辦酒吧，就煞風景。」

「也不能整條街買下。」

「你想想。」

小二點頭。

微微不好插嘴，兩人都小心翼翼。

小二說：「我喜吃牛肉麵，希望是一家麵店。」

微微笑，「我也是。」

小二忽然說：「我沒有大志。」

微微接上，「我也是。」

「你有資質。」

「才怪，胸懷大志是要吃苦的，」她把曾醫生的事告訴小二，「壓力多大，救不活那六歲孩子，恐怕終身是個陰影。」

小二點頭，「值得敬佩。」

「要是隔壁是同行，你有什麼法寶。」

小二看着微微，「找性感衣着女侍應撐場。」

微微答：「你不是那樣的人。」

「嘿，事急馬行田。」

不幸，打探下來，鄰居真的有人計劃開體育酒吧：大熒幕，轉播各類球賽，爭取顧客，免費代客停車，啤酒特廉，美女侍應……

小二考慮半晌，開始忙碌。

男子一忙，第一犧牲的便是女友，微微是他女友嗎，也許只是朋友，不過時間一逼仄，朋友也不得不少見。

小二算是體貼，每日都傳訊報告，短短三兩句，「這才發覺我並不懂策劃擴張」，「已找專門人才籌謀方案」，「需要一筆資金支撐」，他不再似從前悠閒，已失去看王微微、看雨的心情。

微微有眾人皆醉我獨醒之淒清。

師姐忠告：「微微，正式上班，給你一漂亮職位，單寫專題不能寫到中年。」

「何等職位，弼馬溫？」

「單靠嘴巴尖銳也不能到中年，讓你來訓練新人。」

「我最怕管人，以及被管。」

「推薦你去學堂講一兩節課。」

「責任太大。」

「微微，是揹些責任的時候了，你已輕鬆十年，還不算足夠？」

「多謝提點，我會籌劃開一家化妝品店或公關公司。」

「把東埠公園的結束篇寫出，去。」

「幾時正式啟幕。」

「明朝十時，同事會與你一起。」

啊，終於完工，前後整整一年，勤有功，戲無益，一塊荒地變公園，而她，吊兒郎當，什麼也沒幹，蹉跎歲月。

微微心驚。

真想大哭一場。

人家怕孩子輸在起跑線上，她，她根本沒進入過運動場，半輩子在場外遊蕩，並且詫異場中其他孩子忙碌緊張為的是何事。

哭都不管用。

這樣吧，怪父母，都是他們無心督導，造成她這個獨生女兒失控。

看到別人收穫成果，才知羞愧。

開幕那日，記者由專車載至東埠，官僚們演講完畢，大家笑容滿面把場內小朋友叫上台剪綵放綠色氣球，工作人員索性把孩子們放到肩膊上唱歌。

兒童一人一隻抓住，他們穿上派發的棉衫上寫東埠公園開幕慶祝及日期。

同事大聲說：「本市每天如此和諧高興多好！」

大家被他的天真引得大笑。

微微對公園設施熟得不得了，可以做嚮導，她帶着同事四處遊逛。

走累了，坐小食亭，原來是日冰淇淋筒只售一元，可惜限每人一個。

趙子在千萬人中找到王微微，兩人擁抱一下。

他鼻子紅紅，「微微，多謝你的支持。」

「哪裏哪裏。」

他答：「朝聞道，夕死可矣。」

微微淚盈於睫，「這兩句話好似不應這樣用，況且，還有許多工程等着你。」

「太吃苦了——」

還沒有說完，已被各方各面記者拉住要做專訪，微微識趣退下。

那天晴朗，大家曬得面孔紅咚咚。

有童音說：「媽媽，我們搬到公園附近住可好。」

趙子，幾乎在東埠公園住上一年多。

微微回辦公室向師姐講出她的願望。

師姐沉吟，「我上週與老闆開會，提到重整公司架構。」

「可是，本公司沒有架構呀。」

「他覺得基本撰稿人太多，需減至三位。」

什麼。

「其餘作者，就不支基本薪水了，在家創作，辦公室面積起碼減半，像小型資料室，作者要是愛回來，歡迎，但是沒有固定座位。」

微微目定口呆。

「這是不可避免精減基本開銷措施，微微，對你沒有大影響，你根本是自由撰稿人，看情誼份上才優先供稿給我們，你會是編輯材料，亦可先跟我做副編。」

「今日的職位，為何都朝不保夕？」

「嘿，連大學教授都如此，昨日閱報，某校有十多位數學及社會學講師不獲續約，即指暑假開始他們便失業，房貸、孩子們留學費用……全都沒着落。」

「太殘忍。」

「誰說不是。」

「社會上的鐵飯碗呢。」

「也許，政府裏還有。」

「與各位同事談過沒有。」

師姐沉吟，「照說：本文社的收支情況還算不錯，只是，老闆看不到前途。」

「你呢，怎麼看。」

「只要稿質好，可以持續，不過，競爭慘烈，而我們題目和文筆，老闆說：太過斯文。」

微微不敢發表意見。

在文社工作那麼久，真不捨得。

「節縮這決策無可避免，至於前途……」

「見一步走一步。」

「微微，你說得對，但是，你沒有家庭負擔。」

暫時只好談到這裏。

微微與同事喝咖啡，大家都知道有這個消息，大家都不提，功夫也真的到家，迴避成功，只是沒有笑容。

微微買了蛋糕讓她們帶回家。

她自己到酒吧討酒喝。

酒吧可有趣了。

兩個相連舖打通擴張，一邊裝修，一邊營業，當中拆掉牆壁用一塊大油布遮住，掀開布幕，是另一世界。

白天，忙新舖陳設，晚上，舊店照常營業。

小二不是在這邊，就是在那邊。

這不是量子物理的理論嗎，一粒量子，同時可在兩個地方出現。

她聽得到小二在那邊與工作人員議論聲音，可是，他一直沒走過舊店。

她喝完啤酒吃完牛肉三文治，走到那一角，略為掀開布簾。

一看，呆住。

裝修已做得七七八八，不，不是新穎設計吸引目光，而是那邊站着兩個渾身發亮艷女。

她們長得一模一樣，分明是孿生女，長鬈髮盤在頭頂，大耳環，緊身衣裙，身段好得像畫中人，濃眉長睫，心形臉，二人同樣姿勢撐着腰，仰着頭，與小二正經嚴肅談條件。

「底薪百萬，不計小費，另外分紅15%。」

微微發呆。

這收入也太令人羨慕了一點。

小二在紙上另寫數目。

兩女一看，「這不是欺侮我們嗎，每天工作十二小時，一週七日，賣身賣命，你還價？」

其中一個搭住小二肩膀，「劉昭，我們三人認識已經十年八載，感情非同小可，」美艷面孔幾乎貼到小二臉上。

微微看不下去，退下，走出酒吧。

電光石火間，她明白了，唉。

忽然長腦，眼睛雪亮，明鏡一般。

那是小二的世界。

她垂頭。

這時身後有聲響，原來是兩個艷女走出。

一左一右站她身邊，王微微一向自問身段均勻還不錯，今日夾在她們當中像發育未全的小童。

其中一個輕輕問：「是王小姐吧。」

「伙計說，王小姐是我們熟客，擴張以後請繼續幫襯，我們會設計貴賓卡優待。」

說得酒吧屬於她們似。

「對，我叫大紫，是姐姐。」

「我是大紅，是妹妹。」

這樣江湖味重名字，叫微微嚇一跳，連萬紫千紅略經過濾的字眼都不用，乾脆大紅大紫。

微微只得點點頭。

「我們先走一步，得去選購最舒服沙發，大紫建議用記憶性海綿床褥料子，哈哈哈哈。」

微微發獃。

「再來啊，王小姐。」

她倆跳上車子離去，留下濃烈香氛。

微微過片刻才轉身看一看酒吧招牌。

她知道不會再來。

這次，放棄一個男子，毋須向任何朋友徵詢意見。

連師姐也不說。

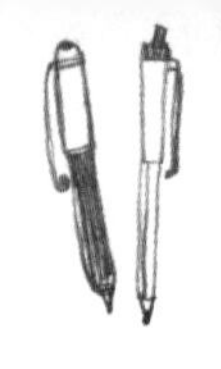

無論如何，再多涵養修養，王微微都不會習慣小二的環境，不用做夢，他的朋友、伙計、生意是另外一個世界，王微微起先不知吃錯什麼藥，才會覺得兩人有可能性。

發現得早是好事。

正像發現趙家子永遠不會陪女朋友跳慢舞一般。

她苦笑。

接着個多星期都沒有聯絡劉小二。

她把時間用來努力工作。

她接下編輯任務及兩個報紙專欄。

師姐指導：「不要寫惡刻文字，你不知人家苦處，揶揄調侃是可以的，毋須為着十元八塊稿酬得罪別人，那人的意見過份尖酸，是因為他生活有不得意窘境，心情大壞之際，變得人人都是敵人，不要再惹毛他。」

「會有殺身之禍嗎。」

「會。」

「說來聽聽。」

師姐說：「我年輕之際，為不相干的人不相干的事打筆仗，結果得失前輩，失去升職機會及專欄位置。」

「不要也罷。」

「現在看來當然如此，這些長輩早已辭世，文字界也發生劇烈轉變，可是當年，走到哪裏都遭到白眼，真不好受。」

「沒人照顧，沒有恩人，不知多舒坦。」

「王微微，你是一個倔強的人。」

「我最大本事是力抗強權，螳臂擋車。」

「好了好了。」

辦公室改組，只剩三個同事，文字銷售量卻比從前增加，師姐嘆氣，「老闆永遠是對的，精減有效。」

真可笑，微微忽然發覺有五百度近視，要配眼鏡。

師姐說：「多好，連老花一起配。」

微微只是苦笑。

「我們去小二新店看看，開幕請帖送到。」

「不去。」

師姐詫異，「為什麼。」

「我已改過自作多情的毛病。」

師姐不出聲，心裏默默安慰。

「可要代你送花。」

「不必虛偽。」

「小二可有苦苦哀求。」

微微忽然笑出聲。

劉小二要待開幕寫請帖時才發覺許久沒見王小姐：「王小姐來過沒有。」

「王小姐已有整月未到。」

劉小二一驚，「她可有覆電郵。」

「大家都忙，沒有查看。」

一查之下，最後留言已是個多月之前的事。

他發呆，糟。

立刻用電話聯絡，那號碼已經更改，小二出了一身冷汗。

穿着男式西服的大紅與大紫走近，「什麼事，臉色那麼難看。」

小二說：「誰最後見過王小姐？」

面面相覷，「啊，店舖正裝修，在門口說過幾句，我們保證彬彬有禮。」

小二跺腳。

「她不是吃醋吧，讀書人明事理，哪會如此小器，你別擔心。」

賓客紛紛前來慶賀，小二一時走不開，只得僵着面孔招呼。

到底是江湖中人，不到一會便鬆弛下來，他同自己說：是你的便是你的，不是你的，便不是你的。

而王微微，他欷歔，大抵不是他的，怎麼可能呢，正如大紅說，王小姐是讀書人，她對生活，有一定準則標準。

他放鬆，周旋在客人之中。

生意好極，人客水泄不通，夫復何求。

幾個伙計做得筋疲力盡，靠腎上腺支撐，面孔紅咚咚，大紅與大紫帶領大家唱「好時光將來臨，好時光將來臨」，唱得興起，脫掉外套，原來裏邊是 Bra top。

幸虧王微微不在場。

兩天之後，小二到辦公室找她，發覺物非人非，她們已經搬走。

小二茫然吃閉門羹。

門外貼告示，只標明一個網址。

當人家要避開你的時候，你也要走遠遠。

小二就此走開，專心打理他的生意。

傍晚，微雨，大紅大紫在門口與排隊客人寒暄，捧上免費餐酒。

人生，得到一些，失去一些。

路邊有客人讚道：「生意，做得這樣，才差不多。」

小二好像笑了。

師姐搬妥新址才聯絡基本客戶，這次，辦公室在乾貨街樓上，節省房租，交通方便，遠處還有些許海景，打開窗，有冬菇花生香味，看出去，是從前貨倉。

世界變了很多。

一個老先生說：「誰會想到寫稿毋須舟車勞頓出門交稿，夢境成真。」

執筆變成風雅浪漫的事，正像筆墨、字典、辭海、打字機，類此文房用具，漸漸淘汰，寫寫改改，收收發發，全在電腦上。

微微一次提筆寫字，發覺雙手顫抖，可怕。

她是真正電腦輩，幼稚園，課室便有電腦示範，小小孩童，好奇圍着學習，母親擔心她視力受損，老師催促一年，才替她添置。不出所料，一發不可收拾。

直到此刻，忽然近視。

她戴着近視鏡在娘家做報告，一邊吃紅豆湯，滴得四處都是。

大學時期陋習發揮成功，無論如何不肯改。

門鈴響。

老爸說：「我去看。」

微微繼續。

有人在門口說半晌，進屋。

微微不放心，張望一下。

來人是年輕男子，驀然看到戴眼鏡穿球衣的微微，同樣怔住，這是王小姐嗎，頭髮蓬蓬，毫無妝扮，如此糊塗天真模樣。

王父連忙說：「是曾醫生來探訪我呢。」

只見他尷尬地帶着一包水果，恐怕不常做這種事。

「請坐，請坐，我去泡茶。」

「王先生情況好嗎，記得準時服藥。」

「很好，只在老妻嚕囌之際會頭痛。」

大家都笑。

「王小姐仍住家裏嗎。」

「我過來探望。」

王母大人忽然站起，「老頭，我們不是約了鄰居陸太太嗎，你陪我去把那隻大湯碗還給他們。」

老先生莫名其妙，「什麼？」

已經被老妻拉出門。

如此突兀，電光石火之間，微微也忽然明白，她忍不住笑。

這時，曾醫生輕輕說：「我找你呢，電話號碼都改了，只得到王先生家。」

「你找我？」

「向你道謝。」

「都忘記了，切莫介意。」

微微取出糕餅招待，剛巧有一味胡桃嵌蜜棗，是江蘇人家請女婿吃的零食。

「家父健康還行。」

曾醫生點頭，「這些日子，我也在看心理醫生，情緒有進步。」醫生也得看醫生。

微微唯唯諾諾。

「王小姐，可以請你喝杯咖啡嗎？」

「幾時，現在？」

他鼓起勇氣，「相請不如偶遇，就現在吧。」

微微取過外套，留張字條，爽快與他出門。

噫，這才發覺，身邊又添一個男生。

她十分感慨，世事難料。

但，是否適合的人？

曾醫生告訴微微，「本來有一家相熟地道英式酒館，可是最近重新裝修，趣味大大不同，已經不去了。」

微微苦笑，誰說不是。

「但是聽說生意火爆，真是各有口味。」

微微看着他，「曾醫生，你有話請說。」

「微微，我一直牽記你。」

微微不出聲。

「我很欣賞你這特別的女子。」

這話她已聽過若干次。

「曾醫生，你不認識我。」

「可以給我機會嗎。」

為什麼男女初相識互相試探有無可能之際講話說白都如此愚蠢。

他們坐在一家園林咖啡館，華燈初上，堪稱良辰美景。

也許，三十年後，微微會想起這剎那間的溫柔，但不是此刻。

「曾醫生，我不適合你。」

他覺得挫折，怔一下，「不能嘗試一下嗎？」再接再厲。

微微輕輕說：「我想不，我是一個自由撰稿人，性格與生活十分散漫，作息沒有一定時間，想到什麼做什麼，試過大半年在南歐逗留，讀了整整十年大學，我想到老也如此任性，這也是我最大成績，我不會組織家庭，生兒育女。」

「也許有一天你會決定安頓下來。」

微微搖頭，「這變成博彩了。」

「做人，難道不全靠一點運氣嗎？」

「你這樣說法，完全不像尖端科學家。」

「我願意冒這個險。」

微微吸一口氣，「曾醫生，你是一個極端敏感的人，慈悲為懷，病人失救，會造成你極大傷害……你需要的是一個體貼溫柔全身全心關懷你的妻室，事事以你為重，在適當的時候讚揚你欣賞你，或是鼓勵你安撫你，輔助你過這一生，我做得到嗎，沒可能，我還在忙着解答自家十七歲時各種情意結呢，自顧不暇，我擁有寫作人著名變幻上落的情緒，時時失控，難以侍候，對不起。」

「沒有開始，已經結束。」

「不能開始，明知一加一等於二，我已有點經驗，知道行不通。」

「我敗在你的經驗底下。」

微微無奈微笑。

「也有例外——」

「你想說量子物理也是例外，量子會得漣漪形前進搜索目標，省時省力，量子可以同時在兩個地方出現，相隔一萬光年與自己另一邊交流意見，量子可以穿牆而過，但，你我是愛因斯坦都覺得怪異奇能的量子嗎，哈哈哈，也許維持婚姻的確需要量子般能耐，哈哈哈。」

愛情如量子？

曾醫生看牢她，也許，他就是為她的淘氣愛上她。

微微為自己的新理論樂不可支。

「微微，試一試。」

她搖頭，「不能浪費你的時間。」

「做朋友也不可以。」

微微只是笑。

她有拒絕的勇氣。

一般女子，都喜歡有意無意把沒有可能的異性留在身邊使喚，王微微不是這樣。

「那麼，請問，可否介紹上述理想女子給我。」

「可遇不可求。」

「或者，可以採取量子漣漪進行法搜索。」

「好主意。」

這次之後，王微微沒再見曾醫生。

——一個遇事會哭的男朋友，這可怎麼應酬呢。

留着他有個人陪着説説話也好？

己所不欲，勿施於人。

既然捨棄的人與事就不要想它。

春去秋來，改組的文社總算又站住腳。

大家都慨嘆人類適應能力確是強大：往後拗、蹲下、跳躍、做拱橋，什麼都可以，遇着生活，沒有難成的事。

微微開玩笑，寫了一篇小品：做人要學量子，上司的思維在一萬光年之外，也要與之接觸，遇到難題，要奇門遁甲穿牆而過，本身細微到幾乎顯微鏡也看不到，她名字叫微微，工作上要把自身縮小至微不足道，不礙眼，不惹人注目……

師姐讀後都笑出聲。

半年後她接到劉小二的帖子，由專人送上，不用郵寄，以示尊重。

送帖子伙計有點遺憾，「王小姐——」

新娘名字陌生，沒見過。

伙計說：「是我們的會計師。」

「那多好。」

人，長得漂亮嗎。

伙計像是知道王小姐想知道什麼。

「她很娟秀斯文，對我們很客氣，我們也喜歡她，老闆十分高興。」

像是遇到自己人，話也多起來。

微微想一想，打開抽屜，把先前人家送的鑽錶取出，「這隻手錶，與你老闆那隻恰成一對，錶背後刻的字樣，找錶店磨一磨便會消失。」

伙計懷疑，「可以嗎。」

「一定可以。」

「謝謝王小姐。」

「還有，大喜那日，我有事，不到了。」

「王小姐，你還沒看日期。」

「我有天眼通，無論哪一日，我都沒有空。」

「明白，王小姐。」

「去，去。」

師姐知道了，「為什麼不到？」

「我最怕女子故作大方，一左一右與前夫後夫合照，那麼好，離什麼婚，十三點。」

「喂喂喂，人各有志。」

「這小二，倒是找到伴侶了。」

「你對他很關懷。」

「他是好人。」

「趙家子難道是壞人。」

「都是好人。」

「趙先生怎麼好久不見。」

「他有得好忙，世界那麼大，不知多少公園待建。」

師姐知道微微不高興了。

不到一個星期，小二那伙計又再出現。

「咦，你怎麼又來了。」

年輕伙計垂頭喪氣，「婚禮取消，老闆讓我逐張帖子取回，今日我都跑了第七家啦。老闆寫好一張便條在此，給每位親友讀一次。」

有這種事，聽是聽過，卻還是第一次遇着。

便條上寫着：「各位有關親友，本人與關小姐於本年七月三日之婚禮決定取消，原委容後解釋，打擾諸位，甚為歉意，劉昭敬上。」

啊，微微發獃。

剛在替他高興。

「發生什麼事，可是因為那隻錶。」

「王小姐，那隻錶還未交出呢。」

微微稍微好過一些，「你坐下，喝杯熱茶。」

「由女方忽然提出，說決定到北京進修會計科，取消婚約。」

這件事非要打聽清楚不可。

「為什麼。」

伙計也不吞吐，「會計師忽然嫌酒吧人多品雜，希望老闆改行。」

「那怎麼可以！」

「王小姐，你不愧是老闆好友，我們也都這麼想，皆因一日，大紅及大紫姐為姐妹淘在酒吧慶祝生日，喝多了一點，碰巧——」

微微明白了。

的確不是一個做會計的專業女性可以接受包涵。

「她說她是知難而退。」

微微吁一口氣。

「王小姐，我還得跑幾家呢。」

「快去吧。」

微微想不到還有什麼比取回喜帖更尷尬的事。

小二比她倒楣。

作為朋友，應當安慰幾句？

師姐勸阻：「算了吧，已結束的事讓它結束，切忌畫蛇添足，請把你的同情心賜給宣明會。」

那也太不夠朋友。

「我才是你的朋友，那些是被你捨棄的男子。」

師姐說得對。

「也許，他們根本不適合結婚，也許，結婚對一些人說不是那麼重要。」

「明白。」

真可憐。

微微派同事打聽。

——「生意紅火，老闆放假一月探親，替工十分漂亮，氣氛如舊。」

「那些艷女經理呢。」

「我也好奇，打探之下，原來小二已與她們拆伙，新聘的女招待一樣漂亮，不過斯文得多。」

啊，是這樣。

趁老闆不在，微微也去了一趟。

下雨，人擠，微微只看一下，便不習慣，原來，不知不覺間，多年上酒吧習慣已經戒除，沒有癮頭了。

她走到門口，觀雨。

剛準備走往停車場，有人在身後叫她：「可是王小姐。」

是小二嗎。

那人踏上前，微笑說：「果然是王小姐。」

是誰，誰那麼多事。

她轉過頭。

「我叫保羅，是劉昭替工。」

「你好。」

「王小姐為什麼不進去坐。」

微微溫和答：「別說我來過。」

他點點頭。

「祝生意持久興隆。」

她轉身離去。

那叫保羅的小伙子一早聽聞王微微其人，一見之下，只覺一絲不差，她就應該如此別致清麗。

他心嚮往之，想試探一下，但大哥不成功的事，他注定也會失敗。

他嗒然返回酒館。

微微愚蠢，感情不值得悼念，不過，她對小二有特殊好感，算一算，他是她認識最長久的男性朋友。

師姐，是最久遠的女性朋友。

三十年後，可對師姐說：「唷，我還在這世界呢，多謝你的情誼。」

有時間約舊同事吃茶，一個同事告訴她，已經找到補習工作，收入頗佳，主要是教中文文憑試課本，「深得不得了，有《離騷》等文。」

不知幾時要考《易經》。

「你會教嗎？」

「我請教家母，她退休前是中文教授。」

「你真幸運。」

「這也這麼想，微微，你好像不打算轉行。」

「我也正嚴肅思考中。」

「寫專題這一行，也會漸漸式微吧。」

「仍然有很多人喜歡寫作，泰半名大於實，宣傳手法十分過份，讓一個頗有文名的實力派作者舉行新作發表簽名會，送花箋——什麼叫花箋？是書籤嗎——揚言因親筆簽名緣故，轉手可賺數千元，那麼，主辦人為什麼不乾脆印它十萬張販賣賺錢？又叫讀者寫書評，最佳十名又可得……這都變遊樂場了，不知買十本以上可會送香吻。」

「為什麼要變質？總有個目的，若是為賺錢呢，算一算，實在有限，為名氣，真犯不着。」

「構思舉辦人應打三十大板，微微，記住，你若求名氣，千萬別做這種事，不要出來，讓作品成名，不做任何搞作。」

微微笑，「我還會成名呢？」

「啊，對，不知你可知道，趙家子回轉本市。」

微微一怔，她沒聽説。

「你還不知道？讓我告訴你也好。」

「他從什麼地方回轉？」

「我也不清楚，但是不久就辭職不幹，深居簡出，只有一兩個朋友見過他，其中一人是店小二。」

「消息由小二傳出？」

「小二不是那樣的人。」

「那麼是誰？」

「他前上司，那是我姑丈的表兄。」

「為何如此隱秘，必定有個理由。」

「微微，他患二期肺癌，來勢洶洶，相當可怕。」

微微像被鎚子在胸口重擊一下。

明媚的一個下午，好不容易抽時間精神與舊友歡聚，卻聽到一個這樣壞消息。

「聽說當時他正在市政局開會，忽覺不適，咳嗽，吐血，暈眩，同事趕緊送他入院……」

「此刻他在什麼地方。」

「經過數次治療，在家休養。」

「這事，師姐是知道的吧。」

「師姐是天眼通。」

微微吁一口氣，她不想她知道，至少，不是自她口裏傳播。

「微微，這是趙子此刻的通訊號碼與住址。」

微微靜靜收下。

「本市醫生頗有把握醫治這症候。」

這時候，微微吸氣，覺得空氣都苦澀。

「我知道了，謝謝你甘作小人。」

「不客氣。」

舊同事把手按在微微肩膀。

兩個人都忘卻結賬，店員追上，她們一時間還不知為何事，然後，紅着臉，急急給一百元小費。

回到家，微微從東走到西，又自客廳踱到臥室，公寓能有多大，一小時後，地板幾乎踏穿，她累極，倒在床上睡着，在傍晚驚醒。

她終於找師姐商量。

「他前妻金女士可有探訪照顧。」

「金女士很撇脱，她説已與她無關。」

「這也是對的。」

「你想探望他？人最忌自作多情，當心上門看到年輕漂亮新女友對他呵護備至，多情卻被無情惱。」

微微點頭。

「但是，病人需要精神鼓勵支持。」

「這樣，我與你一起造訪。」

師姐一直最替人設想。

她們親手煮白粥，又蒸了一塊金華火腿切絲。

師姐說：「似兩個嬸嬸。」

果然像。

開車到趙宅。

他仍住老地方，市政府准他停薪留職，待他病癒，算是恩待。

走到門前，微微忽然猶疑。

師姐停住腳步看着她，等。

微微垂頭。

師姐不禁嘆氣，輕輕説：「你想清楚再行動，我先進去。」

她剛想按鈴，大門打開，一個年輕男子低頭走出。

微微認得他是趙子的團員。

師姐入內，關上門。

那年輕員工走到街角，忽然乏力坐下，雙手掩臉，哭泣。

微微吃驚，走近，「怎麼了，你見過趙子？」

年輕人抬起頭，「王小姐。」

「喝口水，大男人怎麼哭起來。」

「太傷心，都不似人形了。」

說的當然是趙家子，微微情緒直落到腳底。

「那麼英軒的男子，竟叫病魔折磨成這樣。」

他說完站起，向停車處奔去，悲傷無法抑止。

微微呆一會，回到車上等師姐。

她一動不動，不知過多久，師姐出來，也上車默默坐着。

半晌，才問：「微微你可要進去看他。」

微微盡量集中精神思考，過一會搖頭。

師姐嘆息，「那也好，留着舊印象，世上沒有好看的病人。」

微微看着窗外。

「我沒說你也一起。」

微微點頭。

「我們走吧。」

微微也不用再問趙子情況，師姐已經沮喪得頭都抬不起。

微微先送師姐。

「可要我陪你。」

微微搖頭。

這時才發覺帶去食物仍在師姐手裏，她輕輕說：「已不能食固體。」

微微到這時才真正完全徹底明白，趙家子，已經難救，她起先太過樂觀。

又過數日，趙子離開塵世，囑咐負責人：不設靈、不瞻仰、全無儀式。

連市政府想為他在花園做一小小銅匾也被拒絕。

同事與微微在風箏山悼念，她低聲說：「這樣一個人。」

「去喝一杯解悶。」

這種愁悶不是一兩杯酒可以解淡。

她又不想獨自在家一人捧着酒瓶喝光為止。

在街上抬頭一看，看到「狐狸與獵犬」招牌，這種名牌，一定是英式酒館。

可要認定個新座位結識一個新酒吧，她開始循環兜圈，又重蹈覆轍，永不覺悟，墮入迷宮，直到衰老。

微微雙手掩面。

就在這時候，她聽到有人叫喚「微微，微微」，門鈴大響，又有嘭嘭聲，似敲門。

微微頭暈旋轉，明明在街上，怎麼會有擂門聲。她被強光所射，竭力睜眼，但那眼皮有千斤重，怎麼都撐不開，全身沒一絲力氣。

這是怎麼一回事。

她出盡力氣掙扎，這莫非就是夢魘，她盡力翻一個身，滾落床。

「微微，微微，是我！」

是師姐聲音。

她大聲回答：「來。」

這一聲叫出，她醒轉，渾身冷汗，她爬着出去開門。

師姐見到她，吁出一口氣，「微微我在門外二十分鐘，一直給你打電話，聽見鈴聲響，知道你在屋內，我們約好今天去探趙子，你忘記？竟睡得這麼沉。」

微微仍有點呆，一聲不響，做了熱咖啡，喝完整杯，再沖一壺。

她說：「師姐，請再給我十分鐘，我洗一洗就好。」

她進浴室沖身。

師姐在半掩的門外說，「一個人住，不宜服安眠藥。」

「啊，不會，不會。」

涼水灌頂，王微微這才知道她做了一個噩夢。

她還沒見到趙子，趙子尚在人世，還來得及。

她淚流滿面，用毛巾包着頭髮，更衣，與師姐出門，這一段，與夢境一模一樣。

「微微，如今許多症候都可以醫治，你不必過分擔憂傷心。」

微微出不了聲。

到達目的地，尚未按鈴，一個年輕人推門出來，一照臉，微微認得是趙子團員，那小子，一見熟人，「王小姐」，忽然落淚。

微微一看，忽然生氣，低聲斥責：「你這是幹什麼，男子漢大丈夫，淌眼抹淚，影響病人情緒。」

那小青年嗚咽，「對不起」，奔跑離去。

師姐站門口，輕輕問微微：「你可要進去。」

微微在噩夢中已經龜縮過一次，不能再犯，她鎮靜地答：「當然進去探望。」

一名男看護前來開門。

「趙先生今日精神不錯。」

微微雙膝發軟，伸手扶住牆壁。

只見趙家子背他們坐椅子上，面對窗戶，看着外邊林子。

「趙子，看你呢，做了你要的白粥，微微，去盛出給趙子。」

趙子聽見微微兩字，連忙轉過頭。

與微微一照臉，微微嚇一跳，雙手微顫。

但她鼓起勇氣走近，輕聲，若無其事說：「多怕會碰見你那些癡心又貌美女學生，自討沒趣。」

趙家子牽牽嘴角，「兩位請坐。」

微微端張椅子坐貼他身邊，親吻他額角。

趙子已經不像趙子，身邊掛氧氣瓶子，管子接鼻孔，瘦得只剩皮包骨，像是在笑，但只見皮膚在髏骨上牽動。

微微自己帶着添加拔蘭地的咖啡，這時派上用場。

趙子端詳微微，「王小姐仍然這般亮麗。」

微微挺起胸膛，「那還用講。」

師姐這時不能不佩服微微，笑出聲。

「你們慢慢談，我去盛粥。」

微微捧着碗，讓趙子一羹羹慢慢吃。

師姐悄悄問男護：「隔多久回醫院覆診。」

「如今藥物先進，就貼在患者手臂，逐些吸收，不必勞動病人，趙先生情況有審慎樂觀進展。」

師姐如放下心頭大石，「瘦卻這麼多。」

「失去他三分一體重，唉，幸虧保存了頭髮。」

「趙先生樂觀否。」

「算是勇敢。」

「治癒率多少。」

「純屬未知。」

師姐也帶着糕點給護士。

「趙先生多訪客嗎。」

男護答：「多數是同事。」

「可有女友。」

男護微笑，「好似只有這位王小姐，真應多點來，你看趙先生見到她整張臉都亮起來。」

師姐點頭。

這次探訪，比預期中長。

師姐暗示告辭。

微微說：「我不走啦，你先回吧。」

「趙子要休息。」

「那我傍晚再來。」

男護答：「最好是明早。」

微微點頭，走近，吻趙子頭頂，「明天見。」

趙子本來有一頭濃密微鬈頭髮，梳到一邊，也會自動垂下，天然烏黑油亮，非常漂亮，經過多月治療，雖未落盡，亦今非昔比，而且，有一股藥物奇異味道。

走到門口，才發覺師姐眼紅鼻紅。

微微上車，再也忍不住落淚。

師姐開車，「不怪你，也不怪那痛哭學徒，的確叫人傷心，你已很勇敢。」

師姐把車子駛走。

「醫生斥責所有休息不足長年累月每日只睡三四小時死撐還自以為是英雄好漢的壯士。」

趙家子是其中之一。

「此刻病魔追上，不得不每日休息十小時，醫護擔心他胃口欠佳，他勉強吃，會得嘔吐，只得用營養液點滴，記得我們做過一篇女性減肥百法嗎，有人竟月不吃，光打營養液找死。」

所以趙子瘦得可怕。

「微微，有何打算。」

「最好自家做些清淡粥粉麵，微微，找他主診醫生談一談。」

微微搖頭，不必空談，她做她可以做的事，探訪病人，說說笑笑，苦中作樂，為他解悶，做些吃的引誘他吸收。

她要見的是一般營養醫生。

那位專家笑說：「我是西醫，一概不信龍珍鳳乾之類大小補品，對我來說，世上統共只有各種氨基酸，元素表上有一百一十八種元素，病人只要吸收一般營養已可，最要緊是平日注意健康，你說的個例，已得專科最佳治療，其餘，就看命數。」

「有無食物單子。」

「吃雞粥或豬肉吧，一大塊洗淨丟下粥鍋，煮爛撈起不要光吃粥，然後拌一碟最王道的白灼小白菜。」

「那多寡味。」

「王小姐，富庶大都會市民對健康最大障礙是吃得太好太多太稀罕。」

「患者若不吃又怎麼辦。」

「狠狠教訓。」

微微沉默。

「你是女子，你不妨用苦肉計，你可以哭。」

喲。

「到了這種時候，眼淚也許不是假的。」

說到這裏，微微眼鼻已經發紅。

「是男朋友吧。」

微微問：「魚粥呢。」

「鮭魚粥更好，不過放一紗袋裏煮，怕骨刺。」

微微道謝。

她重新分配時間。

工作、父母、趙子。

前兩者是一生一世的事，後者，他病情穩定或痊癒後可以退出，先盡力再算。

她把工作搬到娘家與趙家做，手提電腦揹來揹去，邊做邊問王父：「爸，什麼什麼字怎麼寫」，「有無一首詩是——」

在趙家比較靜。

淘米煮粥，每次都像漿糊，試到十次八次，才比較像樣。

趙家子並不抗拒，很懷疑地問：「為什麼無味。」

男護代答：「暫時不可食鹽。」

那塊焓熟瘦豬肉，微微不想浪費，與男護分吃，一個月之後，微微就胖三磅。

趙家子仍然皮包骨，但氣色已較好。

他沒有問微微怎樣抽得出空檔每天到他家三小時，只怕一問，微微會說：「是呀，頗苦，減為一週三次可好。」

一直相安無事。

一日照例探訪，男護啟門，「王小姐，你到了，快進來。」

微微忽忽進內。

只見兩個妙齡女子正想餵趙子吃奶油蛋糕，趙子聞到氣味已經作悶，女郎嬌笑着不服輸。

微微一看，怒氣上湧，大步踏到面前，一掌推開其中一個，拾起蛋糕，倒進盒子，把另一個拉到門外，「你，與你，滾！」

在男護幫忙下，推出門，連蛋糕丟出，大力拍上門。

微微吊起眉毛斥責男護：「怎麼放這種狐媚子進門！」

男護別轉面孔笑。

一看，趙家子笑得彎腰。

微微發覺知書識禮的自己一手撐腰，另一手指着大門，像一隻茶壺。

她悻悻然，「笑什麼。」

男護說：「幸虧王小姐救駕，王小姐身手敏捷。」

可是趙家子止不住笑。

微微過去大力擰他面頰。

他握住微微的手，深深吻一下。

微微這才降低聲音，「該換藥了。」

「吃完午飯就去。」

「我陪你。」

「謝謝，不用。」

這可就是相敬如賓？

還是師姐細心，「他可有經濟問題。」

微微想都沒想過這個問題。

他們自醫院回返，微微輕聲問男護。

男護低聲照實答：「王小姐你真細心，事實租車公司已多次追討租金，汽油由我暫時墊着……」

微微一聲不響，自手袋取出一隻厚厚的信殼，交給男護，「該用多少拿多少，你的薪水——」

男護說了一個數目，原來自始至終他尚未支過薪水，微微想只有一個原因，他沒想過他會活這麼久。

不料那個下午，趙子的精神回轉，他取出支票簿問護士：「我欠你多少。」

微微與男護都鬆口氣，他不是沒有存款，他只是剛剛才找到細節。

微微邀請：「出去走走。」

他去更衣。

男護輕輕說：「王小姐，你真好，但願一日，我也希望找到你這樣伴侶。」

微微輕聲説：「我非他伴侶，待他好轉，我還是要走。」

「王小姐，隨緣吧好不好。」

微微不語。

他們駕車在市內兜個圈，交通十分擠逼，四處黑壓壓人群，還不是假期，只不過是午餐時分。

男護説：「你們到天橋花園坐一會吧，該處堪稱市肺，上班青年在那裏吃飯盒聊天，我停好車子等你們電話。」

男護不知那是趙子設計，把一支手杖交給他。

趙子與微微乘升降機上到天橋上。

他説：「原先為孕婦老人幼兒所設，此刻自身派到用場。」

微微緊緊挽着他的手，扶他進入。

休憩區根本無空位，白領女子忽忽吃飯盒子，一邊興高采烈談着幾時結伴往濟州島之類旅行。

見到有人攜手杖，連忙讓位。

微微說：「樹木一年內長了那麼多。」

「王小姐，兩年啦。」

啊，時光如梭，光陰如箭。

「王小姐你可喜歡旅行。」

「年輕時也四處逛逛，漸漸覺得勞煩，不過，一個人，一生總得往歐洲一次。」

趙子點頭。

從前，他們根本無暇談到瑣事。

這時，有教師帶着一群六七歲孩子參觀，十多對小腳踏出快樂聲音，啪啪啪走過，指手劃腳，吱吱喳喳：「這是捕蠅草，那是畏羞草……」

微微與趙子都笑。

微微說：「世界沒有他們，真會沉淪。」

「你喜歡孩子。」

「不，他們會長大，忤逆、唱反調、光要錢。」

趙子又笑，「這是夫子自道嗎。」

「也許。」

「微微，你明澄世界清淡天和，叫我欽佩。」

「彼此彼此。」

這時冰淇淋三輪車經過，孩子們圍上，趙子向微微使一個眼色，微微明白，走近小販，低語幾句，小販笑說：「今日公園請客。」

孩子們歡呼。

微微付錢，也吃一個。

這時，人群漸散。

趙子看着冰筒，「給我試一口。」

「覺得香，來，舔一點，別心急。」

趙子趨近，小小嘗一口，抵在舌底，開始覺得香甜滑。

糟，有滋味了，回家要嫌棄那些淡厚粥。

微微建議回家。

趙子忽然說：「微微，謝謝。」

男護已經迎上。

微微很慶幸她碰見的都是好人：小二的助手與伙計，這個男護，還有，最重要的，她的同事。

世上好人比壞人多。

療養近年，最後一次自醫院回轉，趙子向微微報喜訊，惡魔已經擊退。

微微聽到，驚喜交集，只怕被人推醒：王微微，你做夢呢。

她雙腿乏力，漸漸蹲下，淚流滿面，趙子扶住她，兩人抱頭痛哭。

養回來了。

這一年不好過，趙子心情有時低落，需要耐心規勸，男護會把微微叫來：「又關在房裏，說是渴睡，已經一日一夜未開門」，微微答：「我知道，男子苦悶時喜歡把自己關起」，她用後備匙開門，坐在他床前足足一小時，他不轉頭，她不理，背宋詞給他聽，讀到「多少恨，昨夜夢魂中」，他才輕啞說：「背羅密歐與茱麗葉」，沒帶書，只得背頭一句：「在美麗的維隆那城裏」，以及最後一句：「There is no sadder story ever told, than that of Juliet and her Romeo.」，想到兩名少年苦楚，淚盈於睫。

也許因為太過淒涼，趙子緩緩起床。

是這樣逐天捱過，總算看到月明。

醫生千叮萬囑，不可再度操勞，需要極度休養。

男護感動之至，輕輕說：「王小姐，你與趙先生可以結婚了。」

微微一怔，她沒想過這個。

男護又說一次：「從沒見過你這樣體貼忠心女伴。」

趙子也有準備，他單膝跪下，「王微微，你可願嫁我趙家子為妻。」

他真確打算以身相報。

微微看着那顆頗為體面的指環，她也有準備，這樣說：「趙子，快起，平身，聽我說話。」

「微微，我決定休業一年，我們到外國去休憩過無聊日子，你仍然寫作，我們租一間小鄉鎮面海度假屋，每天看日出日落，月夕花朝星夜。」

微微吻他的大手。

「可是答應？」

微微搖頭。

他嘆氣：「嫌我是病漢。」

「不不。」

「被某個女子丟棄一次，又被另一女子丟棄兩次。」

微微摟着他，「我太知道你的缺點，我也太知道我的缺點，復合不會成功。」

「不過你愛我。」

「否則，朋友要來幹什麼。」

「你會對每個朋友這麼好？」

「所以我沒有幾個朋友。」

「懇請與我一起往加拿大。」

「趙子，感激你邀請，我倆最美好時光已經過去。」

他垂頭不語。

微微聽到男護在牆角重重嘆息。

她也惻然，見過多枚婚戒，始終未能成事，以後，也不能抱怨。

她關愛趙子，但，與一個人結婚，需要迷戀他。

那即是看着他，已覺是生活全部，下雨，用一枚芭蕉葉遮頭，已可親吻。

師姐問：「假使一天，那種感覺消失呢，即刻分手不成，是，洋人時興那麼做。」

微微想起大學十九歲那時一個男同學，就那樣叫她迷戀，奇怪，連他眉毛角打冰曲棍球引致疤痕，都十分可愛，他中文説得差，錯誤文法也趣致，全身上下，都叫她依戀，髒衣服、破球鞋，全不介意，不是一種瀟灑嗎。

但是，忽然一日，情況突變，像是服下心變藥，一下子全看不順眼。

他變得陌生，漸漸不能忍受：時常抄她功課，早上起不了床，喜歡煙酒，有時向她借錢，這樣一個人！

當初備受鍾愛，霎時間她不願再敷衍他，過一陣子，和平分手，偶然在校園見到，他還很殷勤前來招呼，她只冷淡點頭。

王微微自身也不明白如何會這樣。

師姐卻有很好解釋：「叮一聲，緣份在該時該刻走到盡頭，沒有多沒有少。」

微微笑。

「你應當慶幸他沒有動怒。」

「到處都有等着上當愚蠢少女，他不必為一女生氣。」

「可有想他今日情況如何。」

「不關我事。」

「你可是負心人。」

「我有付出，代價高昂。」

師姐改話題，「明朝報說你專欄頗受歡迎。」

「我希望得到最最、頂頂、極度歡迎，我們寫作人，不都是有這種貪念嗎，一定要向該目標出發。」

「王微微意向明確。」

「師姐不忘揶揄。」

「為什麼若干寫作人至今還是不太願與暢銷掛鈎。」

師姐妹都不想說出原因。

不久，趙子，真奇怪，乘船往加拿大東岸。

他鐵了心放慢生活。

他與微微緊緊擁抱不願放手。

臉上長肉，恢復從前英俊面貌。

他這病，仍需小心翼翼侍候。

不要緊，現代男女，說得欠斯文些，都可以循環再愛，你捨我取，十分環保。

師姐請有力朋友推薦，略有私相授受之嫌，讓微微去學堂講課。

她還得準備課文。

微微想說一說比較冷門的莎劇像《維隆那的兩位先生》或《如你的意》，甚至少人聽過的《托羅勒斯與卡斯達》……

在娘家做功課，老父走近，看到她帶來叢書中一本《指導完全白癡讀莎士比亞》，笑得翻倒。

微微臉紅紅，不過，能叫老父笑，多麼好。

她知道一個同事，他父親向他要大筆款項不獲，大罵大鬧，相形之下，王父是一個比較簡單的父親，王微微幸運。

王母問：「什麼如此好笑，說我聽聽。」

「你不是有事要女兒相幫？」

微微看向媽媽。

「是這樣，錢伯母兒子回到本市辦畫展，做母親的擔足心事，怕門可羅雀，小貓三隻四隻，想請你幫着宣傳。」

「啊，是嗎，她想怎麼做？」

「請有文化感覺的明星剪綵可以否？」

微微笑，「錢伯母畫家兒子尊姓大名。」

「錢——老頭，你記得否。」

王父說：「我有名片，這裏。」

微微一看，啊，環宇畫室。

這是本市一間相當著名畫廊。

她立刻在互聯網搜索：錢什麼，環宇畫室代辦展覽，名字彈出：錢昆。

噫，不是那著名華裔畫家錢昆吧，一看詳情，果然是他！本市出生，紐約長大、成名。

近照中他斜斜靠在牆上，位於長島的畫室尺寸足足網球場大小，穿着便服，赤腳，畫室四處都是畫作，琳瑯滿目，美不勝收。

微微大聲說：「告訴錢伯母，不必宣傳，錢昆大名無人不曉，屆時一定戶限為穿。」

王母怔住，「但錢太太擔心得不得了。」

「擔心是母親天性，不必理會。」

「你去看一看，好叫她安心。」

「畫作不是我那一行。」

「陪伯母走一趟散散心。」

「好好好。」

錢伯母是美人胚子，雖老不衰，微微原先以為小圓臉的王媽已經夠漂亮，一見錢母，才知一山還有一山高。

錢伯母是真擔心，「王小姐——」

「微微，叫我微微，伯母。」

「那我不客氣了，微微，你可否幫忙寫幾句在報上宣傳一下。」

「伯母，錢昆大名鼎鼎，你不必擔心。」

「微微——」

「我寫，我寫。」

錢母得到允諾，鬆口氣，才有心思打量微微，哦，穩重樸素大方，秀麗臉上無妝無粉，身上沒有首飾，頭髮束腦後，笑臉和睦。

噫，這樣可愛年輕女子近在眼前，為什麼一直沒有留意？

不禁握住王微微手，「幾歲了，有對象沒有，平時喜歡做些什麼。」

微微笑開口。

她與師姐商議：「哪家報館要畫家錢昆訪問稿？」

師姐笑：「你真後知後覺，第一，錢昆不接受訪問，千言萬語都在畫中；第二，本市評畫的作者蜂擁寫這個人，文稿氾濫，篇幅有限，不必勞駕你了。」

微微哈哈笑。

那就不必擔心。

「他的個人特色是什麼。」

「風流倜儻，而且十分富有。」

錢昆的母親彷彿不認識兒子。

她獨自先跑一趟環宇畫室。

那是十多層高新建大廈，專為展覽而設，這次全部面積奉獻給錢昆。

不掛上記者證還真進不去。

一個金髮女郎出來招呼：「錢先生不在，你可以用十五分鐘瀏覽一下，請勿拍照，不然明日開幕觀眾就沒有驚喜。」

那金髮女彷彿無限權威，有人就是這樣，雞毛當令箭。

「你是——」

她給微微一張名片，原來是畫室副經理。

「記住，十五分鐘。」

每層樓只能看分多鐘，大廈設計極佳，透明升降機，一覽無遺。

微微只略略看一下，像少年遊羅浮宮，時間不夠，幾乎想哭，不過這次十五分鐘已經足夠。

畫廊大概想製造一種倨傲奇貨可居形象，畫家不大屑人間煙火，叫商業社會心癢癢。

這也是江湖一種伎倆，一如限量版，其實做了十萬件。

數一數，畫作並不多，約三十幅左右，只能說頗悅目流麗，好在沒賣土產，即沒有畫龍描鳳加一行狂草之類，微微想不出如此負着盛名原委。

不過，王微微並不承認她懂得看畫，藝術作品與觀者有奇異感應，收得到就是收得到，否則，再美也覺察不來，那麼玄，簡直有些似愛情。

升降機到頂樓，她踏出，看到一幅極小只兩呎乘一呎的畫，看不清楚，她一步步走近。

走到一半，已發覺畫作攝人之力：觀眾會身不由己一直走近，直至與它面對面，那是一幅風景，半寫實，近景是一幅樹牆，開一個洞，可以走過去，洞外別有一個園子，枝葉繁盛，分明是初夏。

微微心悸，她心不由主，竟想穿過樹牆之洞走進探索，那處一定平靜無憾……

如此小小畫作，竟有這樣魅力。

微微連忙抽身，轉頭，自升降機到地面。

她輕輕對金髮經理說：「十五分鐘。」

她對錢昆另眼相看。

幼時與王父看齊白石畫，只見那些墨蝦像是會跳躍，三歲的她竟忍不住伸手去抓，也是這個意思。

後來看梵高最後之作麥田烏鴉，她被那黑暗絕望逼力推後一步。

錢昆，似乎也有這個本事，他平面畫作有一種力量，或是某種境界，觀者希望與之融合。

她把探訪所得告訴錢伯母。

她笑逐顏開，「你還是得陪我走一趟開幕禮。」

微微取笑她：「你有請帖嗎？」

「我有兩張。」

請帖上一張寫「媽媽」，另一張寫「王小姐」。

那錢昆還算是體貼兒子，派司機與車子接母親，微微也沾光。

車子沒到展覽廳交通已經阻塞，都是往參觀畫展賓客。

司機咕噥：「人見人愛，人山人海。」

微微笑着與錢母說：「你看，你放心了吧。」

錢伯母咧開嘴笑，握緊微微雙手。

「兩位女士，你們只得在此下車，略走幾步，展覽樓門前有大使車停泊，不能駛近，對不起。」

錢伯母笑出聲。

微微扶着伯母下車擠向門口。

守衛甚嚴，排隊進入，那金髮經理忙得一額汗，衣衫都亂，化妝糊掉，看到錢媽與王小姐帖子，連忙笑說：「立刻有人來接」，她不記得微微。

不到一會，有漂亮年輕男子迎出，「錢夫人，王小姐，請隨我來。」

大堂站滿客人，衣香鬢影，她們被領到小間隔，有枱椅，讓錢伯母坐下，並且招待茶水，「王小姐喝香檳可好，我去找錢先生。」

錢伯母拍胸口，「我放心啦，我放心啦。」

微微想扶她出去看畫，這時有人進來，「母親，王小姐。」

王小姐抬頭一看，呆住，那人也怔着。

他滿以為王小姐是中年保母，沒想到是面孔紅咚咚年輕女子。

他隨即說：「你好，王小姐，我是錢昆，歡迎蒞臨。」

微微與他握手。

他長得高大，英軒，已經中年，身段甚佳，手掌厚軟有力。

不知怎地，王微微忽然臉紅，本來就有點熱，此刻更額角冒汗。

錢昆護着母親去觀畫，錢伯母說：「微微也一起，沒有微微，我真不知怎樣來這裏。」

錢母是個知好歹的老人家。

微微笑着隨後。

錢母逐張畫看，一直有人迎上與錢昆說話，微微在身後打量他，他頭髮剪得短，腦後自然有一個V尖，十分漂亮，鬍髭刮得乾淨，雪白襯衫，映出碩健背肌，只穿卡其褲，衣着恰恰同微微一樣，比起穿漂亮雞尾服賓客，相差甚遠。

這時，有人叫他名字，他卻沒有走開。

他也在想，這手長腳長依都會標準可以減掉十磅的年輕女子是母親什麼人，為什麼由她耐心照顧，她的笑臉在這種虛偽場合為何如此可愛，如何可以認識她多一點。

這時，助手取一件西服外套給錢昆穿上，他要與賓客合照。

錢母說：「我累啦。」

微微說：「我送伯母回去。」

「你多逛逛。」

「我已來過一次。」

她們跟助手輕輕說一句，悄悄離去。

王微微完成任務，鬆口氣。

師姐問：「畫作如何？」

「普通的創新，有可取之處，其中一幅奇佳。」

「嘿，你看看畫評：奇異歷程……顏色幻境……攝人心弦……美之注釋……叫人心跳……」

「肉麻當有趣。人倒算很漂亮：成熟、大方、和煦，履歷說他四十六歲，那個年紀還得天獨厚，濃密頭髮，沒有小肚，笑起雪白整齊牙齒，犬齒特尖，女賓圍住他如嗒糖。」

「不愧半個記者，觀察入微。」

「他在阿瑪菲有個畫室，對牢蔚藍愛特利埃蒂海，他算半商業畫家，整個生意人，相當富有。」

「據說展覽中所有畫作已經訂下，不知與長得英俊有無關係。」

「皮相美觀與世上一切都有關連。」

「他有種成熟的優雅吧。」

「當然，經濟優渥，閱歷寬廣，一言一舉，都叫人舒服，我少年時也嚮往什麼都懂，可以維護縱容我的男伴。」

「現在呢。」

「嘿，人家什麼沒見過。」

「也許，就是沒見過蠢女。」

「喂，師姐，你客氣點好不好。」

王母這樣告訴女兒：「畫展三天就結束，他回母親家住，錢太請我們到家裏吃飯。」

微微沉吟。

她看到母親盼望眼神。

「王母娘你想錯了，齊大非偶。」

「啐，我可沒想什麼。」

「那樣的男子，已經環繞地球走了十圈，什麼都司空見慣，凡物都覺得乏味，很難討好。」

「吃頓飯也不行？」

「行行行。」

怎麼可以忤逆老人，將來，他們往生，想答應也不再可能。

「穿得好些，選一條裙子。」

微微好氣又好笑。

錢家住老房子，舊裝修，大方寬敞，一進門，便看到那幅小小的微微叫它為「花園」的畫作。

她再次走近看。

她取笑自己：快將畫前地板踏爛。

錢伯母笑着迎出，「歡迎歡迎，請坐，先喝杯茶，錢昆在廚房幫老廚子修理電鍋。」

微微睜大眼意外。

「唉，他這人，本來讀機械工程，廿二歲畢業才發覺喜歡美術，怎麼辦呢，只得由他去，他父親氣忿，從此不大與他聯絡。」

微微不置信，錢昆如此成功，父母還不高興。

她走近廚房門口，果然，看到錢昆穿運動衫齊膝褲坐小櫈，赤腳，全神貫注拆開鍋蓋上螺絲調整，又重裝，手勢熟練。

他抬頭，「來啦，請坐。」

微微在他身邊櫈子坐下。

只見他放下工具，自廚子手中接過一碗食物，撥兩口，「唔唔」，那不知是什麼，香得叫微微探頭看，不得了，原來是紅燒肉燜竹筍百葉結，肥肉部分全透明，十足火候。

錢昆見她嘴饞可愛，「給你。」

廚子連忙說：「這裏還有。」

微微接過碗，也扒兩口，就這樣，與錢昆蹲着吃起來，她想也沒想到錢昆那麼有名氣卻沒架子。他想，沒想到如此標致繁華都會女這樣隨和，兩人吃完滋味飯，都笑不停。

這時外邊錢太太說：「吃飯啦。」

他們已經吃飽，電鍋也修妥。

坐下，只喝一碗蛤蜊燉蛋湯。

兩對父母看着他倆只是微笑。

那種期盼氣氛太過明顯，錢昆與王微微都有點尷尬。

錢伯母十分體貼，把紅燒肉裝進盒子，讓微微拿回家。

回家途中，王爸滿意地說：「錢昆真是人才，又夠和氣。」

一般人都崇拜名氣，事實上，在一個行業起碼數千人競賽，成為翹楚，確不容易。

王母說：「年紀大一點。」

「我最怕輕佻，黃毛小子，自己還養不活，就四處結交女朋友。」

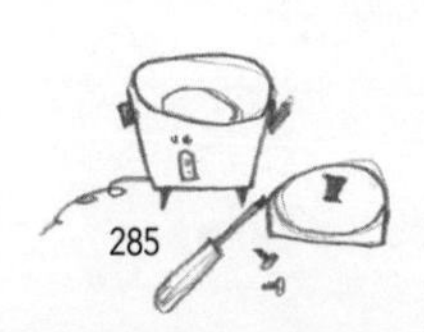

「微微，你看怎樣？」

微微佯裝詫異，「母親你打算找男朋友？」

被王母笑着啐。

錢昆約微微外出，他似眷戀本市。

微微說：「只怕太熱鬧，不能叫你專心創作。」

「心靜自然涼。」

多麼禪。

「這次回來，發覺父母已經耄耋，家母原來要用手杖，但怕我擔心，盡量不用，傍晚咳嗽，服藥丸要切半才吞得下……都叫我心痛，唯一比看到自己老更可怕是看到父母年邁。」

微微接着說：「往日家父雙手撐起我扮飛機，今日，我扶着他上下樓梯，每次聽到他電話便心驚肉跳，『爸，你有什麼事』？」

「這次回轉，打算落地生根，多陪他們，正在裝修房子。」

「十分頭痛吧。」

「幸虧早些年置下，一直堆雜物，也沒出租，今日派到用場。」

到底大幾歲，什麼都有打算。

「微微，你在本市文藝界也不是閒人。」

微微「哈」一聲，「在本市，最容易是賺名氣，揹着虛名，辦事做人不知多辛苦。」

「你態度成熟。」

「我年紀不小啦。」

「怎麼看都還像個孩子。」

他忽然輕撫微微頭頂。

與他說話多舒服，不用你虞我詐，互相猜度。

錢昆的鬢腳略有白髮，十分瀟灑。

不知他的女友群可會跟着探訪本市。

錢昆像是知道微微在想什麼，「認識你之前，我有過親密女友，其中一位，是演員李志馨，一定會有人告訴你，我說了先。」

他向她備案，何故？

「那是著名美女。」

錢昆微微笑。

「噫，今天不是要吃最好日本菜嗎？」

「這一家專售罕見貝類。」

微微勇敢嚐新。

回家，睡到半夜，渾身發癢，驚醒，發現全身紅塊，糟，是那些鮮美小螺絲作祟，海鮮敏感。

她連忙更衣，趕到醫院急症室。

掛號後致電錢昆，「你飯後沒有問題吧？」

誰知他答：「真巧，我就坐你身後。」

站起一看，果然是他也前來診治。

錢昆兩條手臂全是紅塊。

他輕輕握她手，「難兄難弟。」

醫生也覺好笑，替兩人注射，留院觀察兩小時。

他們坐在候診室。

微微臉上一搭搭，披頭散髮，錢昆用手指幫她梳理。

他輕輕問：「你相信一見鍾情否？」

微微想一想，「總得還添些其他因由吧。」

「讓我照顧你，一起發風疹，一起抱怨世道艱難。」

「可以這麼快嗎。」

「找了你近百年，不算快。」

「舊女友為何離你而去。」

「因為我不願結婚。」

「啊，你以為一旦願意結婚就有人會同你結婚。」

錢昆知道王小姐會得說話刁鑽，只得坦誠回答：「我希望王微微與我結婚生子。」

微微哈哈笑，笑到一半，迷惘，張嘴想說話。

這時看護走近，看一看兩人，「可以出院，小心飲食。」

微微想說的話被截停。

送到門口，錢沒要求進屋喝咖啡，王微微也沒請他。

他小心翼翼擁抱她一下，說聲明天見。

天色濛亮。

每次天色魚肚白都叫微微想起大學時男同學在宿舍樓下等她到天明，今晨，這種感覺又回轉。

微微蒙頭大睡。

王家有客到。

王母開門，見是錢家三口，不禁一怔，「我以為只是錢太太一人，快進來，什麼事。」

錢家兩老笑容滿臉，「老王，我們前來提親。」

什麼。

但王母忽然也咧嘴笑，「我家只得微微一個淘氣女。」

「就是微微。」

「你對她滿意？」

錢伯母笑答：「一見鍾情，她用整天陪我到畫廊，汗流浹背，毫無怨言，語音溫和，姿態有禮，時下哪裏去找這樣女孩，對老人如此包涵，還有，整天聽不到她的電話響，斯文可愛貌美，這已足夠。」

「哇哈，你形容的真是我家微微？」

錢昆聽了只是笑，有點感慨，真的決定餘生要淘氣多變女共度？是，一見鍾情。

「兩家根本是老朋友，王老，你一定不反對。」

「我也得問過微微。」

王母問：「阿昆，微微應允你了嗎？」

四個長者看牢錢昆。

錢昆一直以為自己多年已經練成水牛皮，不料忽然臉紅，「已經求婚，等待答案，頗有把握。」

錢父說：「他正準備驗身報告與財政狀況。」

王母答：「只要健康報告便可。」

「這麼快，如迅雷不及掩耳。」

「快把微微叫來。」

王母看着錢昆，便衣打扮英俊的他似剛淋過浴，頭髮濡濕未乾，唯一遺憾也許是太好看了一點。

王父連忙說：「太蹭磨也不好。」

錢伯母說：「唯一條件是早生孩子。」

王母接應，「誰說不是，我看到那些傻傻胖胖幼兒，羨慕得鼻酸。」

「都是獨生子女，多養幾個，置所大些房子，我們打算立即去找地方。」

「錢昆相識滿天下，可打算大宴親朋。」

「錢昆一直不喜鋪張。」

「對，對，再好沒有。」

不知為何，一對家長似忙不迭要把男才女貌的子女推銷出去。

四老自覺黃昏已過，怕他倆孤單乏人照顧。

當然，錢昆與王微微沒有即時結婚。

即使訂婚，也是一年後的事。

住所倒是準備妥當，師姐看過，讚不絕口：「大方、別致、環保，錢昆親自設計，他告訴我，打算生三名孩子，可惜不准拍攝，否則可做一個特輯。」

「真叫人羨慕，王微微丟下的男友都一級優秀，不要說是這個錢昆。」

「微微本身條件也一級。」

「微微最大優點是不計較金錢物質。」

同事們合資打一枚小小金牌送禮，上刻銘文「但願人長久」。

結婚啟事在一中一英報章刊登，面積不大，偏偏叫劉小二看見。

他本來在擦亮玻璃啤酒杯，忽然看到王微微三字，怔住，呆視良久，彷彿等字眼飛舞，過片刻，那些英文字母真正開始模糊。

啊微微是應該配那樣的人。

雙方都有理想，但又不致於不食人間煙火，他年長，懂得愛惜她，有經驗，會叫她快樂。

助手問：「可要送賀禮。」

「用酒吧名義，送三箱克魯格粉紅香檳。」

助手說：「六箱，我敬愛王小姐。」

「八箱，八是吉利數字。」

小二黯然，整整一天說不出話。

大西洋那邊，趙家子正跑完步，滿身大汗回到公寓，便接到短訊，那正是王微微與錢昆結婚啟事。

發件人是孫懷祖，他一連串用十個！符號。

趙子呆呆坐下不出聲，一身熱汗變成一身冷汗。

鄰居找他，「趙先生，我們組隊做志工填沙包防洪，你也一起可好，就史密夫前院。」

趙子回過神，點點頭。

鄰居笑：「有你在，我們可號召到娘子軍。」

趙子緩緩換過乾爽衣褲，走到史宅，接過一把剷子，把細沙堆進麻包袋。

結婚了。

女子總會嫁人，儘管花千樹，終歸收入院子，從此看不到她嫣紅笑靨。

他心頭仍然酸痛。

雙手卻飛快操作，一下子填充數十枚沙包。

有人遞檸檬露給他，原來是七歲史小姐義賣飲品。

人家有條件兼願意提早退休陪王微微組織家庭。

王微微已為人妻。

做到日落，史家做燒烤晚餐酬勞志工，挪出整隻冰櫃啤酒招呼。

年輕女子圍着趙子，他躺草地看火燒一般晚霞。

每年初夏融冰，小鎮都會些微水淹，今季，預測會比較嚴重。

史密夫走近，「替你煎了牛排香腸，趙，為何一臉落寞，大家鬧哄哄，伊人獨憔悴。」

趙子不出聲。

他靜靜回寓所。

這些日子，他租了整間四房獨立屋住，也不放家具，除出他，只有一隻玳瑁野貓，每天自窗戶跳進覓食，趙子為牠準備乾糧與水，吃完牠會在角落睡一覺，在趙腳下盤旋一圈，然後離去。

王微微結婚了。

他在蓮蓬頭下站足半小時，浸得手指起泡泡。

趙子繼續喝啤酒，長嘆一聲，發覺孫懷祖再次找他。

「趙子，我接受不了。」

趙子答：「你有妻有子，毋須接受。」

「趙子，那錢某風流成性，年近半百……」

「與你沒有關係。」

「你不心痛？」

「與你沒有關係。」

「趙子，你怎麼會鬆手放她走？」

「與你沒有關係。」

「趙子，你會悲痛半生。」

「與你沒有——」

孫懷祖忿然掛斷電話。

趙子輕輕說：「與我也沒有關係。」

然而，鼻子通紅。

全書完

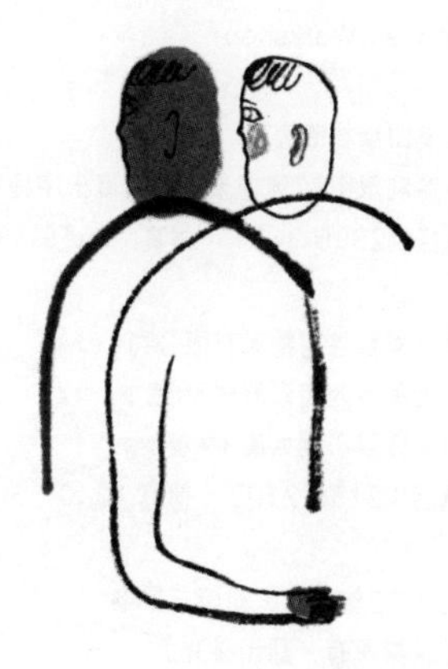

書名　被捨棄的男子　作者　亦舒

出版　天地圖書有限公司
香港黃竹坑道46號
新興工業大廈11樓
電話：2528 3671　傳真：2865 2609

香港灣仔莊士敦道三十號地庫（門市部）
電話：2865 0708　傳真：2861 1541

設計及插圖　Untitled Workshop

印刷　亨泰印刷有限公司
柴灣利眾街27號德景工業大廈十字樓
電話：2896 3687　傳真：2558 1902

發行　香港聯合書刊物流有限公司
香港新界大埔汀麗路36號
中華商務印刷大廈3字樓
電話：2150 2100　傳真：2407 3062

出版日期　二〇二〇年七月／初版・香港

長篇 ■　短篇 ●　散文 ◆　散文精選 ▲

亦舒系列